乔治 R.R.马丁/著

GEORGE R.R. MARTIN

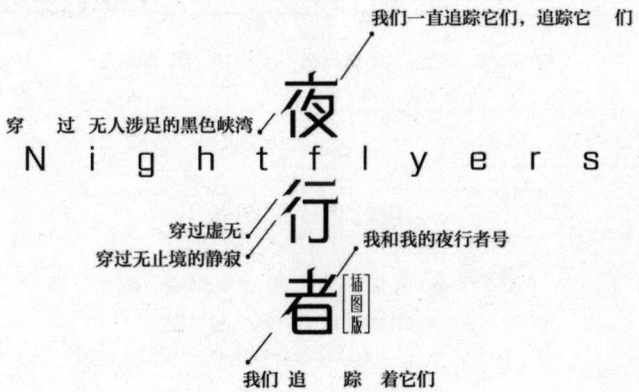

夜行者

Nightflyers

我们一直追踪它们，追踪它们
穿过无人涉足的黑色峡湾
穿过虚无
穿过无止境的静寂
我和我的夜行者号
我们追踪着它们

[插图版]

秦洪丽 赵文/译

重庆出版集团 重庆出版社

Nightflyers:The Illustrated Edition
Copyright© 1980,1981 by George R.R.Martin
Text illustrations copyright© 2018 by David Palumbo
This edition arranged with The Lotts Agency Ltd.through Andrew Nurnberg Associates International Limited.
Simplified Chinese Translation Copyright © 2018 by Chongqing Publishing House Co., Ltd.
All rights reserved.
版贸核渝字（2018）第 243 号

图书在版编目(CIP)数据

夜行者：插图版 /（美）乔治·R.R. 马丁著；秦洪丽，赵文译.
—重庆：重庆出版社，2019.1
ISBN 978-7-229-13607-9

Ⅰ.①夜… Ⅱ.①乔… ②秦… ③赵… Ⅲ.①科学幻想小说－美国－现代
Ⅳ.① I712.45

中国版本图书馆 CIP 数据核字（2018）第 230449 号

夜行者（插图版）
YE XING ZHE（CHATU BAN）
[美]乔治·R.R. 马丁　著　秦洪丽　赵文　译
责任编辑：邹　禾　唐弋淄
责任校对：刘小燕
插图：［美］大卫·查克
装帧设计：谢颖设计工作室

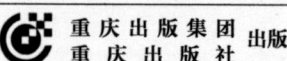
重庆出版集团 出版
重庆出版社

重庆市南岸区南滨路 162 号 1 幢　邮政编码：400061　http://www.cqph.com
重庆出版社艺术设计有限公司　制版
成都国图广告印务有限责任公司　印刷
重庆出版集团图书发行有限责任公司　发行
E-mail:fxchu@cqph.com　邮购电话：023－61520646
全国新华书店经销

开本：890mm×1230mm　1/32　印张：4.25　插页：14　字数：80 千
2019 年 1 月第 1 版　2019 年 1 月第 1 次印刷
ISBN 978-7-229-13607-9
定价：48.00 元

如有印装问题，请向本集团图书发行有限公司调换：023-61520678

版权所有　侵权必究

《夜行者》的前世今生

夜行者号是一艘飞船。更准确地说，它是一艘装载着九位人类科学家的科考飞船，其使命乃是跟踪神秘的信号，前往遥远的银河边缘探寻神秘的外星种族"沃尔克尼人"的秘密，但不为人知的是，这艘船并不寻常，它似乎在"闹鬼"。随着目标越来越近，船上血腥的怪事也接连发生，乘员一个接一个地死去，很快，船上的所有人类都不得不为自己的生存而战……

看到这段简介，您脑海里顿时联想起的科幻故事是什么呢？相信只要是稍微资深的科幻迷或电影迷都会得出相同的答案。没错，《夜行者》写作于1978—1979年，最初发表在1980年的《类比》杂志上——而《异形》电影也正好于1979年上映，据说乔治·R.R.马丁当年在电影院看到《异形》时的第一反应便是"糟糕！撞车了！"甚至担心会不会被人指控抄袭。由于《夜行者》悲剧性地晚投胎了数月，导致其知名度被相同题材乃至存在很多相似情节的《异形》大幅度超越，试想，倘若历史重来，两者出现的先后顺序刚巧调个个儿，还不知道科幻史会怎样改写呢！

《夜行者》原著发生在乔治·R.R.马丁科幻作品的共用背景世界"一千个世界"当中。"一千个世界"是乔治·R.R.马丁笔下的未来宇宙里人类活动的空间，它是人类帝国崩溃后形成的，其中每个星球各有光怪陆离的风景和独树一帜的文化，该系列著名小说包括《莱安娜之歌》《沙王》《十字架与龙》《图夫航行记》《光逝》等等，总计三四十篇各类作品。乔治·R.R.马丁直到后期投身于"冰与火之歌"系列，才渐渐放弃了"一千个世界"的创作。

《夜行者》的最初版本仅有23000多个英文单词，如前文所述，它于1980年发表于《类比》杂志，该版本在许多配角的描写和处理上较为潦草。次年，在德尔书社的要求下，乔治·R.R.马丁将其扩展到30000多个英文单词，大大充实了内容之后，出版在"双子星书系"里，该书系是对早年ACE双面书的复兴，即一本书正反两个封面，包含两个故事（当年与《夜行者》搭配出版的是弗洛·文奇的名作《真名实姓》）。这后一个版本（扩充版）是乔治·R.R.马丁较为喜欢的版本，本书也是在该版本的基础上编校而成的，并增加了若干精美的插图。

顺便一提，《夜行者》当初虽然没有《异形》那么名满天下，但仍旧进入了1981年的雨果奖最佳中长篇小说决选。虽然在雨果奖上遗憾地未能获奖，不过它赢得了当年的《轨迹》杂志读者票选最佳中长篇小说奖和1983年日本星云奖最佳外国短篇小说奖，也称得上是满载荣誉。

《夜行者》经历过前后两次影视改编。1984年，它的改编权第一次被买下，1986年投入制作，1987年在北美上映。这部长达89分钟的太空科幻片，其特效并不出彩，制作也谈不上精良，最终票房很一般（据说后来被正式引进过中国）。但乔治·R.R.马丁本人还是对其怀着感激之情，因为这次改编在销售严重失败的《末日狂歌》之后拯救了他的职业生涯，为他打开了好莱坞的大门。

2016年，《夜行者》的改编权再次被美国科幻电视台（Syfy电视台）拿下，2018年初实际投拍。这一次，乔治·R.R.马丁承诺自己将"全面配合制作方"，任何问题都乐意提供帮助、咨询与指导，制片方也承认乔治·R.R.马丁在选角，包括第一集（试播集）的写作上给予了他们很多宝贵的意见。尽管由于乔治·R.R.马丁与HBO签订的长期独占协议（他将为HBO开发各种电视节目，代价是不得与其他电视台合作），他不能直接参与《夜行者》电视剧的制作（譬如写作剧本），但最终仍将以"监制"之一的名义在演职员表中出现。

电视剧（仅指第一季，我们暂时还不清楚其是否会有续订）一共有10集，由于小说总共只有3万多单词，只算得上是一个长中篇，因此电视剧势必会大大拓展小说剧情，变得更为曲折。实际上，电视剧版《夜行者》也将不再发生在庞大而超前的"一千个世界"里，而是设定于太阳系周边，科技水平也不再是原著的超级水准，而是"从现在往后发展75年"，也即设定于2093年。同时，夜行者号的目的也有相应更改，改为从即将变得无法居住的地球出发，前去寻找人类观测到的第一种外星生命，以求寻得宜居的地外星球。我们可以看到，这是一个更加现实版的《夜行者》，唯一不变的是，这仍旧是一个科幻恐怖故事，故事里的大多数角色仍将在太空中作死并死去。

由于乔治·R.R.马丁的明星效应，《夜行者》电视剧获得了超出一般水平的大投资，足以提供相当惊人的特效。虽然一直以来美国科幻电视台的电视剧制作水平良莠不齐，但近年来在太空史诗正剧，由乔治·R.R.马丁的弟子丹尼尔·亚伯拉罕写作的"太空无垠"系列的改编上取得了较大成功，这对《夜行者》的改编当然有很大帮助。但无论期待值有多高，这个被媒体捧为《索拉里斯星》《黑洞表面》（*Event Horizon*）和《异形》三者合体的全新尝试，其最终成败如何，还需读者和观众朋友们去亲自评判。

屈畅
2018.9.18

拿撒勒的耶稣在十字架上奄奄一息时，沃尔克尼人的飞船从距他不到一光年的地方经过，向太空深处飞去。

地球爆发火焰之战时，沃尔克尼人在老海神附近，这里的大洋还没有名字，也没有任何种族在此捕捞。星际跃迁器的发明使地球同盟衍变为联邦帝国，这个时候，沃尔克尼人来到了哈兰甘人活动区域的边缘，哈兰甘人却对它一无所知。和我们一样，哈兰甘人也是没有长大成人的儿童，安居在自己明亮的、小小的世界里，环绕着自己的太阳旋转；对远道而来、在他们的各个世界之间穿行的访客，哈兰甘人既没有兴趣，更无法察觉。

战争持续了一千年。沃尔克尼人穿过战火，悄无声息，毫发无损，停靠在任何火焰都无法燃烧的所在。此后，联邦帝国分崩离析，灰飞烟灭，哈兰甘人也湮没在寂灭的黑暗中，但沃尔克尼人所在之地却比寂灭更为黑暗。

当克莱勒诺马斯驾驶他的勘察船飞离阿瓦隆时，沃尔克尼人离他不到十光年。克莱勒诺马斯发现了许多东西，却没有发现沃尔克尼人。出发勘察时没有发现，穷尽一生后返回阿瓦隆的回程中同样没有发现。

我还是个三岁孩童时，克莱勒诺马斯已经归于尘土，跟耶稣一样冰冷遥远；而那时，沃尔克尼人正从达罗尼附近掠过。那个时节，所有克雷超感人都变得大不同于平时，他们熠熠生辉的眼睛忽闪着，怔怔地凝望群星。

当我长大成人时，沃尔克尼人已经远远驶离了塔拉，连克雷超感人都无法探测那么遥远的地方。但他们仍然向着更深远的太空前进。现在，我已经老了，而且日益衰老，沃尔克尼飞船很快就要穿过像黑雾一样悬挂在内外银河之间的腾普特星尘。我们一直追踪它们，追踪它们。穿过无人涉足的黑色峡湾，穿过虚无，穿过无止境的静寂，我和我的夜行者号，我们追踪着它们。

在失重状态下，他们手拉着手，慢慢穿过长长的透明管道。管道一端是飞船停泊站，另一边是一艘星际飞船，正停在前方，等待着他们。

在失重状态下，只有梅兰莎·基尔不显得笨手笨脚。她稍稍停住脚步，看了眼位于他们下方的阿瓦隆星球，它仿佛由玉石和琥珀构成，宏大而庄严。她露出笑容，继续走下管道，超越一个个同伴，动作轻捷优美。他们所有人都上过飞船，但这次却很不一样。大多数飞船直接停靠在码头泊位上，可卡罗

里·德布莱因为这次任务找来的这艘飞船实在太大，形状也太奇特，无法进港。飞船矗立在前方，犹如三个并排的巨形鸡蛋，底部是两个更大的球体，排列成合适的角度。球体中间是飞船的动力舱。长长的管道连接各个部分。飞船的颜色是简朴的白色。

梅兰莎·基尔第一个进入减压舱，其他人一个接一个跌跌撞撞地走进来。乘客共有九人，四男五女，都是学者，专业、背景各不相同。最后一个进入飞船的是年轻瘦弱的心灵感应师特尔·拉萨莫。其他人都在互相交谈、等待登船程序完成，他却紧张兮兮地到处打量。"有人在监视我们。"他说。

他们身后的外侧门关闭，连接管道脱离。内侧门滑开了。"欢迎乘坐我的夜行者号。"船舱内部传出一个浑厚圆润的声音。

但飞船里面看不到一个人。

梅兰莎·基尔走进飞船内部走廊。"你好。"她一边说，一边探寻地四下看着。卡罗里·德布莱因跟在她身后。

"你好。"圆润的声音回答。声音来自一面黑色屏幕下方的通话格栅，"我叫罗伊德·阿瑞斯，是夜行者号的主人。很高兴再次见到你，卡罗里。也很高兴看到其他人到来。"

"你在哪里？"有人问。

"我在我的房间，它占据了生命支持球体的一半空间。"罗伊德·阿瑞斯和蔼地回答，"另一半空间包括一个休息室——兼作图书馆和厨房——两个卫生间，一个双人舱，以及一个很小的单间。不能住双人舱和单间的，恐怕只好把睡网安置在存放货物的球体舱里了。夜行者是艘贸易商船,并非搭载乘客的客船。不过我已经开通了所有相关通道和减压舱,让货舱也有空气、热量和水。我想这样能让你们更舒服些。你们的装备和电脑系统已经存放在货舱了,请放心,里边非常宽敞。我建议你们先在货舱安顿下来,再到休息室用餐。"

"你会一起来吗?"超感心理学家阿格莎·马里基-布莱克问。这是位长着一张急躁易怒的瘦脸的女人。

"以某种方式吧,"罗伊德·阿瑞斯说,"某种方式。"

出现在晚宴上的是个幻影。

他们将睡网吊好,在各自的睡网附近安顿个人物品,之后很容易就找到了休息室。在飞船的这个区域,它是最大的房间。房间一头是器具配备齐全的厨房,储备着大量食物和餐具,另一头安放着几张舒服的椅子,两个阅读器,一台三维投影仪,还有占据整整一面墙壁的书、录音带和晶体芯片。房间正中是一张能坐十人的长桌。

晚餐分量不多,热气腾腾,已在桌上摆好。学者们随意坐下,谈笑风生,比刚上船时自在了许多。

舱内部启用了重力系统,大家都觉得舒适。不多久,失重状态下行动笨拙的尴尬就被抛诸脑后。

待大家都已入座,桌子最前方的那个空位上出现了一个幻影。

桌边的对话停止了。

"你们好。"幻影开口。这是个举止优雅、淡色眼珠、长着一头白发的青年的影像。他的衣服还是二十年前的样式：宽松的蓝衬衫，膨胀式袖口，扎在靴子里的紧身白裤。他们的目光可以穿透这个人形影像，而影像的那双眼睛却无法看到他们。

"是个全息影像。"阿丽丝·诺斯文德说。她是外星科技学家，身材矮小结实。

"罗伊德，罗伊德，我不明白。"卡罗里·德布莱因瞪着这个幻影，"这算什么？为什么只送个影像过来？你不亲自出来跟我们用餐吗？"

幻影淡淡地微笑，抬手一指，"我的住所在那堵墙的另一侧。"他说，"恐怕两个球体之间没有门，也没有减压舱。大部分时间，我都是一个人度过，而且我很看重个人隐私。我希望你们能理解我，尊重我的想法。虽说如此，我仍是个十分好客的主人。在这个休息室，我的影像可以跟你们待在一起。在其他地方，如果你们有任何需要，或者想跟我谈话，那么用对讲机好了。现在，请继续用餐、聊天。我会很乐意倾听。我已经很久没有搭载过乘客了。"

他们极力不在意，但桌子一端的幻影给整个场合蒙上了浓重的阴影。晚餐气氛紧张，结束得十分匆忙。

自夜行者号进入星际跃迁那一刻起，罗伊德·阿瑞斯就一直观察着他的乘客们。

短短几天,大部分学者已经逐渐习惯了对讲机里没有形体的声音和休息室的全息影像。但只有梅兰莎·基尔与卡罗里·德布莱因对他的存在毫不在乎。至于其他人,如果知道罗伊德始终监控着他们、跟他们在一起,他们会更加不自在。其实,无论何时何地,他始终注视着他们。即使卫生间都有罗伊德的眼睛和耳朵。

他窥视他们工作、吃饭、睡觉、做爱,不知疲倦地听他们交谈。一周时间,他已经了解了他们所有人,并开始搜索他们那些低俗的小秘密。

人机整合专家洛米·索恩喜欢跟她的电脑交谈,更喜欢和电脑在一起,不想与人类为伴。她十分聪明,反应敏捷,有一张表情生动的面庞,小小的个子,像个男孩。大部分同伴都觉得她很漂亮,但她不喜欢别人碰她。她只做过一次爱,是跟梅兰莎·基尔。洛米·索恩穿着质地柔软的金属上衣,可通过左腕的植入芯片直接跟电脑交流。

外星生物学家罗因·克里斯托夫,性格粗暴,好争执且愤世嫉俗,几乎不怎么掩饰对同伴的轻蔑。另外,他还喜欢独自喝酒。此人个子很高,有点驼背,面目丑陋。

那两个语言学家——丹尼尔和琳德兰,公开场合是情侣,总是手拉着手,总是为对方说话。但私下里,他们吵得厉害。琳德兰尖酸刻薄,挖苦丹尼尔时总是拣最伤人的话,说他在专业上不称职。他们经常做爱,但却是跟其他人。

超感心理学家阿格莎·马里基-布莱克患有抑郁症,时常情绪低落。夜行者号局促的空间进一步加重了她的病情。

外星科技学家阿丽丝·诺斯文德随时随地都在吃东西,却几乎从不洗漱。她的长指甲里满是泥污。航行的头两星期,她一直穿着一件套头衫,只有做爱时才脱掉,而这种时刻总是非常短暂。

心灵感应师特尔·拉萨莫永远紧张兮兮,而且脾气变化无常。他害怕身边的所有人,但又常常攫取同伴头脑中的想法,还拿这个嘲弄他们。每到这种时候,他就会变得傲慢狂妄起来。

罗伊德·阿瑞斯仔细观察着他们,研究他们,随时随地跟他们在一起,洞察他们的内心。没有任何事能逃过他的眼睛和耳朵,即使是最让人恶心的细节也不例外。然而,夜行者开始星际跃迁两星期后,他的注意力大都集中到了乘客中的其中两个人身上。

"最重要的是,我想知道为什么。"离开阿瓦隆的第二周,卡罗里·德布莱因这样告诉罗伊德。那是一个夜晚,黑暗的休息室里,罗伊德发光的幻影坐在德布莱因旁边,注视着他喝下苦中带甜的热可可。其他人都睡了。在星际飞船上,白天和黑夜毫无分别,但夜行者仍然保持着正常的昼夜周期,大多数乘客也遵循着昼夜习惯。例外的只有队长卡罗里·德布莱因,他有着独特的作息时间,热爱工作,几乎不怎么睡觉。他热衷于讨论他心爱的、多年来一直纠缠着他的那个研究课题:沃尔克尼人。

"是否存在和为什么同样重要,卡罗里。"罗伊德回答,

"你敢肯定你的这些外星生物一定存在吗？"

"我敢肯定。"卡罗里·德布莱因用力挤挤眼。这个人长得很紧凑，身材瘦小，铁灰色头发梳理得一丝不乱，那身衣服更是整洁得有点过分。但他夸张的肢体动作和蓬勃的激情跟那副严肃外表很不相称，"这就够了。如果每个人都像我这么肯定，我们就会有一整队研究飞船，而不是你这艘小小的夜行者号了。"他啜了口可可，满足地叹口气，"你知道诺特勒什人吗，罗伊德？"

从没听说过。但罗伊德只花了短短一瞬，就在图书馆电脑里查到了相关信息。"是人类活动空间另一侧的外星种族，乃至在费恩迪和达莫斯两族的居住区之外。很可能只是个传说。"

德布莱因笑道："不，不，不。你的图书馆已经过时了，我的朋友。返回阿瓦隆以后，你一定得更新。这不是传说，不是的。很遥远，但却完全真实。关于诺特勒什人，我们没什么资料，但他们的确存在，这一点我能肯定，尽管你我也许永远都碰不上一个诺特勒什人。嗯，一切就是从诺特勒什人开始的。"

"跟我说说，"罗伊德说，"我对你的工作很有兴趣，卡罗里。"

"我当时正往学院的电脑里输入信息，内容是一个来自达姆土兰的信息包，传送了整整二十个标准年，刚刚收到。其中一部分是诺特勒什的民间传说。至于这些信息花了多久、通过什么途径才从诺特勒什传到达姆土兰，我一无所知，但这无关紧要，反正民间传说无所谓时效。这些东西精彩极了。你知道

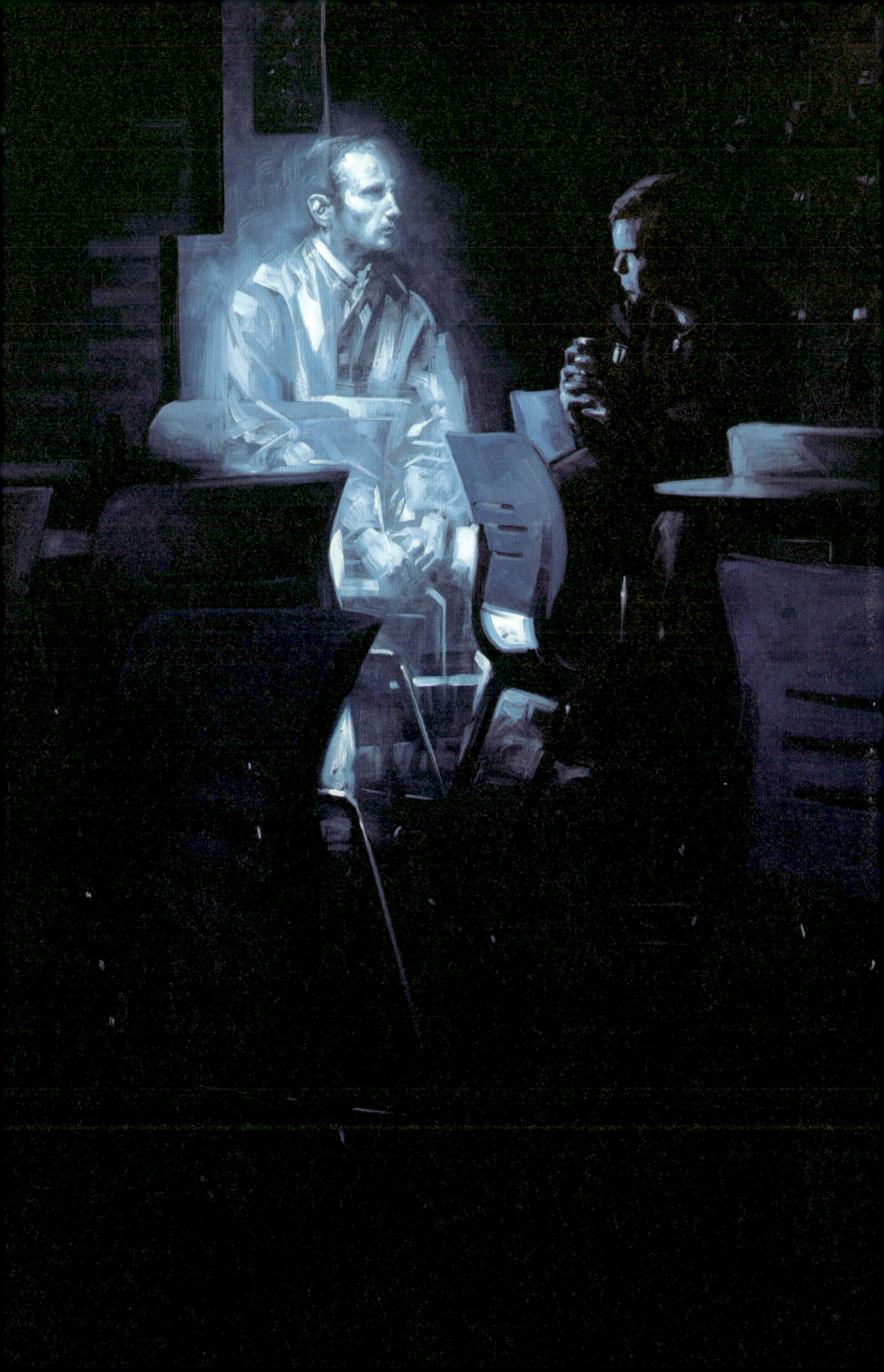

吗，我拿的第一个学位就是外星神话学。"

"不知道，请接着讲。"罗伊德说。

"沃尔克尼人的故事是诺特勒什神话的一部分。这个传说真让我敬畏不已：一个智能种族，来自星系核心的某个神秘起源，不断驶向星系外缘。传说声称，他们的最终目的地是星际空间。在这个过程中，他们的飞船始终航行于深远的星际太空，从不在行星着陆，也很少驶入距某个恒星一光年的范围之内。"德布莱因的灰眼睛闪闪发光，一边说，一边挥舞双手，仿佛要囊括整个银河，"最不可思议的是，他们竟然没有星际驱动器，无法进行星际跃迁。罗伊德，他们的航行速度只有光速的几分之一！这是最让我着迷的细节！我的沃尔克尼人，他们跟我们实在太不一样了——睿智，充满耐心，生命长久，眼光长远，完全不像低级种族那样急躁狂热。想想吧，那些飞船，沃尔克尼飞船，它们会多么古老！"

"很古老。"罗伊德赞同，"卡罗里，你说飞船不止一艘？"

"是的，很多。"德布莱因说，"根据诺特勒什人的传说，最初只有一两艘，出现在大气层最边缘，其他的接踵而至。数以百计，每艘都是独立的，依靠自己的动力飞行，目标都是外太空。永远是外太空。一万五千个标准年的时间里，他们都在诺特勒什诸星球间穿行，然后离开了那片区域。据传说，最后一艘沃尔克尼飞船是在三千年前飞离的。"

"一万八千年。"罗伊德说，接着又补充道，"诺特勒什人的历史有那么古老吗？"

"是的，但他们星际旅行的历史没多长。"德布莱因笑道，

"根据诺特勒什人自己的历史记载,他们进入文明的历史只有这一半长。这导致我在一段时间里轻视了这个问题,因为从年代上看,沃尔克尼显然只是个传说。美丽的传说,仅此而已。

"但最终,我还是没放下这个课题。在空闲时间,我跟其他外星宇宙学家一起调查,不放过任何蛛丝马迹。我们想看看诺特勒什人之外的种族是否也有类似的传说。沿着这条线索发掘,我们收获颇丰。

"我发现的情况让我震惊不已。在哈兰甘人和被哈兰甘人奴役的种族那里,我们一无所获。但你看,事情本就该是这样,因为这些种族在人类活动空间的外侧,只有经过我们的活动空间之后,沃尔克尼人才会接触到他们。而在人类活动空间内侧的调查则发现,沃尔克尼飞船的故事无处不在。"卡罗里热切地往前倾了倾身,续道,"啊,罗伊德,那些故事,那些故事!"

"跟我讲讲。"罗伊德说。

"费恩迪人管它们叫依-唯为依,翻译过来就是虚无部落,或者黑色部落。每一个费恩迪族群都流传着同样的传说,只有白痴才不相信。据说,这些飞船体积巨大,他们或我们的历史中从没出现过那么大的飞船。他们说那是战舰。一个关于失落的费恩迪族群的传说中说道,三百艘费恩迪飞船,与一艘依-唯为依相遇,三百艘船全部覆灭。当然,这是几千年前的事,所以细节不是很清楚。

"而达莫斯人的传说则有些不同,他们认定它是千真万确的事实。你知道,达莫斯人是我们遇到过的最古老的种族,他们管我的沃尔克尼人叫峡湾种族。他们的传说美极了,罗伊德,美极了!那些飞船犹如巨大的黑色城市,无声无息,缓缓移动,比它们所处的宇宙空间的速度还慢。根据达莫斯传说,沃尔克尼人来自原初,从星系最深处而来,是一群难民,为逃离一场可怕得难以想象的战争。他们放弃了家园,放弃了他们进化时居住的那些行星和恒星。他们远赴太空,寻找真正的和平。

"居住在阿斯的哥斯素德人也有极其相似的故事。但据他们的传说,那场战争曾摧毁了我们星系的一切生灵,而沃尔克尼人是某种神灵,在飞行沿途一路播撒生命的种子。其他种族将他们视为上帝的信使,或者来自地狱的幽灵,来警告我们逃离这场即将从星系中心爆发的大灾难。"

"你的这些故事互相矛盾呀,卡罗里。"

"是的,是的,当然,但它们在本质上是一致的——沃尔克尼人从星系内部向外飞行,驾驶着他们古老、永恒的亚光速飞船,经过一个个短命的帝国和转瞬即逝的辉煌。这才是最重要的!其他的都只是修饰装点。我们很快就会知道真相。我调查了一些据称生活在比人类活动空间内侧更遥远的地方的种族,距离我们甚至比诺特勒什人更远,几乎没什么相关资料。那些种族与文明本身就差不多是传说,比如达兰、尤利施,以及洛赫纳卡。只要我能找到一点点相关材料的地方,我都一次又一次地发现了沃尔克尼人。"

"传说中的传说。"幻影嘴边露出了笑容。

"是的,的确如此。"德布莱因同意,"研究进行到这一步，我请教了专家，非人类智能种族研究院的学者。我们一起研究了两年。信息资料都在那儿，研究院的图书馆、记忆库和档案文件里都有。只不过以前从来没有人认真研究过，更没人把这些资料综合起来。

"在人类历史的绝大多数时间里，早在太空飞行的黎明到来之前，沃尔克尼人一直在我们周围穿行。当我们能够扭曲空间，以此解决相对论的矛盾时，他们那些庞大的飞船正在穿越我们所谓的文明核心区域，经过我们当时最繁华的世界，缓慢、庄严地以亚光速飞向星系边缘和星系间的黑暗。了不起，罗伊德，真是太了不起了。"

"了不起。"罗伊德附和。

卡罗里·德布莱因一口喝干杯里的可可，想伸手去抓罗伊德的胳膊。但他却抓了个空。他一时有点不知所措，接着笑道："啊，我的沃尔克尼人。我有点兴奋过头了，罗伊德，我现在是如此接近。十多年了，他们一直占据着我的脑海，而现在，不出一个月，我就会看到他们，用我这双昏花老眼目睹他们的辉煌。那以后，如果我能接通通讯频道，如果我们这个种族能够与如此伟大、如此奇异、跟我们如此不同的种族接触——我抱着希望，罗伊德，希望到最后，我会知道那个为什么！"

罗伊德·阿瑞斯的幻影微笑着，那双淡色眸子平静地望着他。

※

乘客会在飞船进入跃迁状态后不久变得坐立不安。在夜行者号上,焦躁情绪来得更快。第二个星期快结束时,猜测开始了,热火朝天。

"这个罗伊德·阿瑞斯究竟是什么人?"一天晚上,四位学者玩扑克时,外星生物学家罗因·克里斯托夫抱怨道,"为什么他不露面?他跟我们隔绝,到底有什么目的?"

"去问他。"语言学家中的男性丹尼尔提议。

"如果他是个罪犯呢?"克里斯托夫说,"我们知道他的背景吗?不,当然不知道。找他的是德布莱因,而德布莱因是个无能的老糊涂,这我们都知道。"

"该你出牌了。"洛米·索恩说。

克里斯托夫"啪"地打出一张牌。"停步牌,你们得重新抽牌了。"他笑着说,"说到这个阿瑞斯,谁知道他是不是正计划把我们全干掉呢。"

"目的是谋取我们的巨额财产,毫无疑问。"女语言学家琳德兰说。她打出一张牌,扣在克里斯托夫刚才那张上。"飞牌。"她轻声叫牌,面带微笑。观察着他们的罗伊德也微笑起来。

梅兰莎·基尔看着就让人舒服。

年轻,健康,精力充沛。梅兰莎·基尔几乎在任何方面都优于旁人:比船上所有人都高一头,骨架宽大,胸部丰满,双腿修长健壮，肌肉在黑亮的皮肤下灵活地滚动着。她的胃口同样惊人，饭量是同伴们的两倍，酒量也大。每天她都要在她带上船的器械上锻炼四个小时。到了第三周，她已经跟四个男人两个女人上过床。即使在床上，她也异常活跃，让对方筋疲力尽。罗伊德一直饶有兴趣地观察着她。

"我是改进版。"她一边玩双杠，一边对罗伊德说。她赤裸的肌肤闪着光，长长的黑发绾在发网里。

"改进？"罗伊德问。他不能将全息影像投射到货舱，是梅兰莎特意呼叫他，好在锻炼时跟他聊天。她不知道的是，无论呼不呼叫，他都在。她停止了运动，伸直双臂高高撑起身体，稳住。"基因改良，船长。"她喜欢叫他船长，"我出生在普罗米修斯，父母属于当地的精英阶层，都是基因设计师。改良版的意思是，我需要常人两倍的能量，但摄入的能量全都用得上，不会白白堆积。我有更健全的新陈代谢系统，身体强健，耐力更强，寿命也比普通人长一倍。我们那儿的人总想大幅度改变人体，结果铸下大错；但小改良却做得相当不错。"

她不再说话，继续锻炼，动作轻松自如。结束之后，她从杠上一跃而下，喘了会儿粗气，然后双手抱胸，脑袋一歪，笑道："船长，这下子，你算是知道我的平生经历了。"她拉下发网，甩了甩头，让头发散开。

"肯定不止这些。"对讲机里的声音说。

梅兰莎·基尔笑起来："当然。想听听我造反逃到阿瓦隆的故事吗？原因、经过，以及给我在普罗米修斯的家人带来的麻烦。或者，你对我在非人类学研究方面取得的非凡成就更感兴趣？想听这个吗？"

"换个时候吧。"罗伊德礼貌地说,"你身上戴的那块晶体是什么？"

它通常悬挂在她胸间，因为刚才做运动，她把它取了下来。现在她重新拾起，戴在脖子上。这是一小块绿宝石，以黑色镶边，用银链挂着。它触碰到她身体时，梅兰莎闭上眼睛，然后重新睁开，笑道："它是活的。以前见过这种东西吗？这是块呢喃宝石，船长，即所谓共鸣水晶，用意念波束把记忆蚀刻、储存在上面，以保存当时的感受。每次接触都能让你重新感受一次。"

"原理我知道，"罗伊德说，"但用法我不太清楚。这么说，你保存了一些珍贵的记忆？是关于你家人的？"

梅兰莎·基尔抓起条毛巾，擦拭身上的汗水。"我的宝石储存的是我最满意的床上体验，船长。它能激发性欲，或者说以前有这个功能。呢喃宝石到了一定时候功能就会消退，它现在唤起的感受已经不如从前了。但有时候，通常在做爱刚完，或者刚刚运动之后，它又会重新焕发生机，跟从前一样。"

"哦，"罗伊德的声音问，"这么说，它这会儿激起了你的性欲？你现在就要去寻欢了吗？"

梅兰莎笑了。"我算明白你想知道我哪方面的经历了，船长——我充满激情的罗曼史。哦，可我不会告诉你，除非你先告诉我你的身世。我对这个很好奇。你到底是谁，船长？"

"像你这种改良版，理应猜得出来。"罗伊德答道。

梅兰莎哈哈大笑，将毛巾朝通话格栅上扔去。

＊

洛米·索恩大部分时间都待在被改装成电脑房的舱室里，组装打算用来分析沃尔克尼人的系统。有时候，外星科技学家阿丽丝·诺斯文德会进来搭把手。人机整合专家边工作边吹口哨，诺斯文德则阴沉着脸，一声不吭，按她的吩咐办事。偶尔她们才攀谈几句。

"阿瑞斯不是人类。"一天，洛米·索恩这样说，当时她正在监督安装显示屏幕。

阿丽丝·诺斯文德咕哝道："什么？"她那张平板的方脸皱了起来。克里斯托夫那天的话本来已经让她对阿瑞斯惴惴不安了。她咔地装上另一个零件，转过身来。

"他跟我们交谈，我们却看不到他。"人机整合专家说，"这艘飞船没有机组人员，除了他，一切都像是自动操控的。那么，为什么不完全自动化呢？我敢打赌，罗伊德·阿瑞斯是个相当复杂的电脑系统，或许是人工智能。很普通的程序都能模仿人类对话，让外人无法分辨。我敢打赌，像这样的系统，只要转起来，准能蒙过你。"

外星科技学家哼了一声，转身继续工作："那他为什么要假扮人类？"

"因为，"洛米·索恩说，"大多数地方的法律禁止使用人工智能。飞船不能自己拥有自己，即使在阿瓦隆也不行。夜行者号大概是怕自己被没收，然后解体。"她吹了声口哨，"这就相当于死亡，阿丽丝，自我意识和思维的终止。"

"我每天都跟机器共事。"阿丽丝·诺斯文德固执地说，"关闭，开启，对它们来说都一样，它们根本不在意。为什么这台机器会在乎这个？"

洛米·索恩笑着说："你说的是单独一台电脑，阿丽丝，跟我讲的不是一回事。这是个庞大的系统，拥有思想、意识、生命。"她的右手轻轻握住左腕，拇指心不在焉地揉着植入芯片，"它还能够感受，我敢肯定。感受的能力，没有人想丧失。说到底，它们其实跟你我并没有什么不同，真的。"

科技学家回头扫了眼身后，然后摇着头："真的。"不冷不热，是全然不信的语气。

罗伊德·阿瑞斯倾听着，观察着，脸上没有笑容。

特尔·拉萨莫是个瘦弱的小东西，淡麻色头发，水汪汪的蓝眼睛。一般情况下，他打扮得像只孔雀，喜欢穿蕾丝V领衬衫，带褶的紧身裤。在他的母星，这套行头在下层人士中仍很流行。但那天他在小单间里找到卡罗里·德布莱因时，穿的却是一套朴素的灰色连身裤，几乎算得上很严肃。

"我有感应。"他抓住德布莱因的胳膊，长长的指甲深陷在肉里，"什么地方不对劲，卡罗里，出大问题了。我已经开始害怕了。"

心灵感应师的指甲掐进德布莱因的皮肤，他使劲挣出胳

17

膊。"你弄疼我了。"他不满地说,"我的朋友,怎么了?害怕?害怕什么?怕谁?我真搞不懂,有什么可怕的?"

拉萨莫抬起苍白的双手,捂在脸上。"我不知道,不知道。"他号叫起来,"但它的确存在,我能感觉到。卡罗里,我感应到了某种东西。你知道我很在行,所以才选中我。就在刚才,当我用指甲掐你的时候,我感觉到了。我读得出你的心思,一阵一阵的。你在想我太激动了,觉得这个封闭空间影响了我的情绪,你觉得应该想办法让我镇定下来。"年轻人发出一阵神经质的笑声,笑声刚开始,马上又止住,"不是这么回事。你也看到了,我很棒。我是通过验证的一级感应师,而我告诉你,我真的很害怕。我感应到了它,感受到了它,梦到了它。刚上船时我就感应到了,现在这种感觉更为强烈。某种极度危险的东西。某种虚无缥缈的东西。不是人,卡罗里,是异类。"

"沃尔克尼人!"德布莱因叫道。

"不,不是,不可能。我们还在跃迁状态,他们还在无数光年以外呢。"又是一阵神经质的大笑,"我还没棒到那种程度,卡罗里。我听你说过克雷超感人的事,但我只是人类,感应不到那么远。那东西离我们很近,就在船上。"

"我们中的一个?"

"或许吧。"拉萨莫心不在焉地搓着面颊,"我分辨不出来。"

德布莱因叹口气,像父亲一样将手搭在年轻人的肩膀上。"特尔,你的这种感觉——或许只是太累了?我们大家都承受着很大压力。完全无所事事，这个滋味很磨人的。"

"把你的手拿开。"年轻人厉声喝道。德布莱因马上抽回手。

"这是真的。"感应师固执地说，"你也用不着暗自后悔，觉得不该选我，诸如此类。我的状态跟其他人，跟其他在这个……这个……鬼飞船上的人一样'稳定'。你竟认为我心态不稳！你真该去瞧瞧其他人脑子里的想法。克里斯托夫跟他的酒瓶，还有那些肮脏的幻想；丹尼尔怕得要命；洛米和她的那些机器——接触她的头脑，感觉就跟接触金属、灯光、电路差不多，告诉你，真恶心死了；基尔是个傲慢的家伙，而阿格莎永远是满脑子抱怨牢骚，阿丽丝无知得像头母牛。你，你没接触过他们，无法透视他们，还说什么心态稳定？一伙无能之辈，德布莱因，他们塞给了你一伙无能之辈。而我，我是你最好的队员，所以别胡思乱想觉得我心态不稳定，脑子不清醒，听到了吗？"他那双蓝眼睛似乎要喷出火来，"听到了吗？"

"放松点，"德布莱因说，"放松点，特尔，你太激动了。"

感应师眨巴着眼睛，疯狂的神情突然消失。"激动？"他说，"是的。"他内疚地看看四周，"我知道这很困难，卡罗里，但请听我说，你必须好好听我说。我警告你，我们很危险。"

"我听着呢，"德布莱因说，"但在取得确切信息之前，我不能采取行动。你必须发挥你的才能，帮我获取信息，好吗？你能做到的。"

拉萨莫点点头："是的，是的。"他们又轻声交谈了一个多小时，感应师终于平静下来，离开了。之后，德布莱因去找超感心理学家。她正躺在睡网里，四周堆满药品，叫苦连天说身上到处疼。听完德布莱因的叙述，她道："真有意思，我也隐约感觉到了点什么，一种威胁，非常模糊，缥缈不定。我还以为是我自己的缘故：幽闭、无聊，才会产生这种错觉。有时候我的情绪很不稳定。他有没有说点具体的？"

"没有。"

"我准备四处转转，感应一下我们的感应师，还有其他人，看能不能发现点什么。不过，真要有什么的话，他会比我先察觉到。他是一级感应师，我只是三级。"

德布莱因点点头："他的感应力好像真的很强。他跟我说了很多其他人的情况。"

"这并不代表什么。有时候，心灵感应师一口咬定自己什么都能感应到，其实正好说明他什么都没感应到。他想象自己感觉到了什么，读取到了什么，然后以此为基础编出一堆子虚乌有的东西。我会注意观察他，德布莱因。有时候，这种天生的感应力会出问题，变成某种歇斯底里。在这种情况下，感应师会把自己的感受传播出去，而不是接收、感应外界事物。在封闭的空间内，这是很危险的。"

德布莱因点头："当然，当然。"

在飞船的另一部分，罗伊德·阿瑞斯皱起了眉头。

"你们注意到罗伊德幻影穿的衣服没有？"罗因·克里斯托夫问阿丽丝·诺斯文德。他们单独待在一个舱室里，甲板上潮湿的地方用垫子垫上。两人倚在垫子上,外星生物学家点燃一根欣快香烟,递给同伴。诺斯文德挡开了。

"至少过时了十几年。我父亲小时候住在老海神时穿过那种衬衫。"

"阿瑞斯偏好老古董。"阿丽丝·诺斯文德说,"那又如何?我才不在乎他穿什么呢。像我,我就喜欢连体服,穿着很舒服。才不管别人怎么想呢。"

"你倒真是不在乎。"克里斯托夫皱起大鼻子嗅了嗅。对方没理会这个小动作,"嗯,你不明白我的话。假如那个影像并非真正的阿瑞斯呢?影像可以是任何东西,完全可以凭空变出来。我觉得他根本不是那个长相。"

"不是?"她突然好奇起来,翻了个身,依偎在他的胳膊下,又大又白的乳房抵在他的胸口上。

"或许他有病,身体畸形,难为情,所以不想让我们看到真实面目。也可能真的得了什么病,也许是慢性血疫,你知道,得了那种病,人就不成样子了,但还会熬几十年才送命。说起疾病,其他的还多着呢——外套疹、新麻风、融解病、朗氏症,等等。罗伊德的自我隔离恐怕就是这么回事。隔离。想想吧。"

阿丽丝·诺斯文德紧皱眉头。"阿瑞斯这个,阿瑞斯那个,说起来没完。说得我心里直发毛。"

外星生物学家吸了一口欣快香烟,笑道:"那么,欢迎来到夜行者号。你才开始,我们这些人早就心里发毛了。"

✳

第五周结束前的某天，梅兰莎·基尔把卒子推进到第六排，罗伊德知道无可挽回，只好认输。这么多天来，他和梅兰莎下棋连战连败，这是第八局了。梅兰莎盘腿坐在休息室的地板上，棋子散落在暗下来的显示屏前面。她扫开棋子，"别垂头丧气，我可是改良版，比普通人领先三步。"

"我应该连接上我的电脑，"罗伊德回答，"反正你不知道。"他的幻影突然出现，笑着站在显示屏前。

"你试试看，三步之内我就能看出来。"梅兰莎·基尔道。

这一个多星期以来，象棋狂热席卷夜行者号。他们俩是最后一对上瘾的。最初是克里斯托夫拿出棋盘，催促大家都来玩，但等到特尔·拉萨莫坐了下来，将他们一一击败，其他人很快便失去了兴趣。每个人都相信，感应师之所以取胜，是因为能读取他们的思想。但没有人把这种看法宣之于口，因为感应师情绪恶劣，喜怒无常。梅兰莎却没怎么费劲就赢了拉萨莫。"其实他下得不怎么样。"她事后对罗伊德说，"就算他想读取我的想法，弄到的也不过是些乱七八糟的东西。基因改进人知道怎么控制思维，我完全可以对他屏蔽思路。"克里斯托夫和其他几个人也曾跟梅兰莎下过一两局，但每次都输。最后，罗伊德自己也想玩，可愿意坐下来跟他对局的只有梅兰莎和卡罗里，而卡罗里连自己刚走了哪步棋都会很快忘记，所以只剩下梅兰莎常跟罗伊德对弈。获胜的总是梅兰莎，但两人似

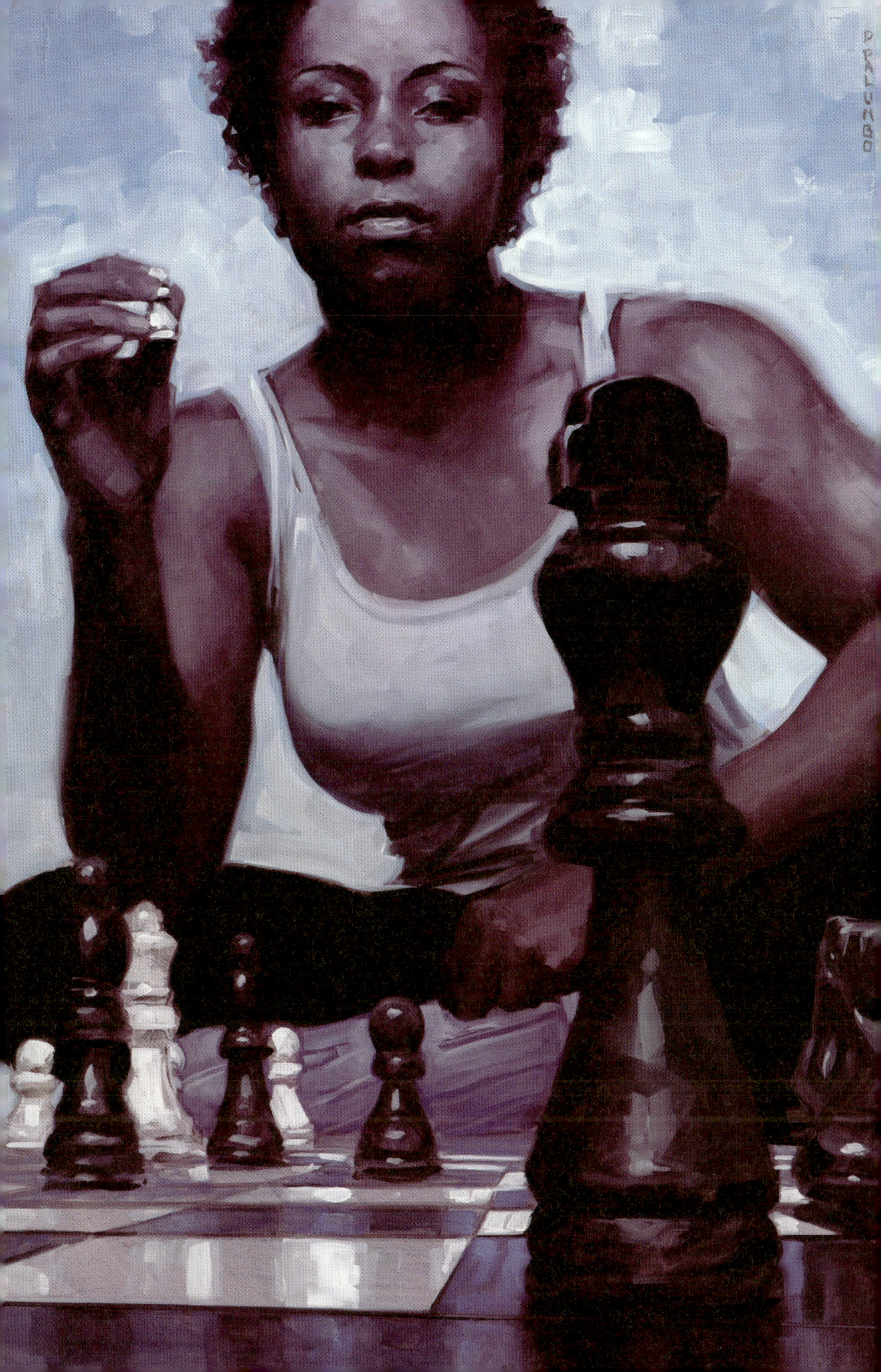
D PALUMBO

乎都越下劲头越足。

梅兰莎站起身,径直从罗伊德的影像上穿过,向厨房走去。她坚决拒绝假装这个影像是真正的人。

"其他人都是从我旁边走的。"罗伊德抱怨。

她耸耸肩,从一个储藏格里找出一袋啤酒。"船长,你什么时候才能打破障碍,让我拜访你的房间呢?"她问,"你在那边不觉得孤单吗?有没有受性饥渴的煎熬呢?有没有患幽闭恐怖症?"

"梅兰莎,我在夜行者号上航行了一辈子。"罗伊德说。既然对方对他的影像视而不见,他便关掉了幻影,"如果有幽闭症、性饥渴,我是不可能过这种生活的。身为基因改良版,你不可能不知道这点吧?"

她一挤软囊,喝了口啤酒,发出一阵低沉甜美的悦耳笑声。"总有一天,我会解开你这个谜,船长。"

"没解开之前,"他说,"请再告诉我一些有关你身世的谎言吧。"

※

"听说过木星吗?"外星科技学家问。她喝醉了,瘫在货舱的睡网上。

"是跟地球有关吧。"语言学家中的一个答道,"我相信这两个名字都源自同一个神秘星系。"

"木星,"外星科技学家提高嗓门,"是一颗气态巨星,跟古老的地球同处于太阳系。这个你们不知道吗？"

"除了这些琐事，我有更重要的事情要思考，阿丽丝。"琳德兰说。

阿丽丝·诺斯文德自鸣得意地笑道："好好听着我的话。发明超时空跃迁技术时，人类正准备开发那颗行星。嗯，那以后，大家就不再理会这种气态巨星了。只要进入跃迁，找个更适合生存的地方就行。彗星呀，火星呀，气态巨星呀，统统不再受重视。几光年之外会有另一个星系，那儿有更多适合居住的行星。但有些人认为木星上存在生命，你们知道吗？"

"我只知道你醉得一塌糊涂。"琳德兰说。

克里斯托夫恼火地说："气态巨星上确实可能存在生物，但他们不会离开这种星球、到外星发展。"他厉声道，"目前我们遭遇的所有智能种族均来自跟地球差不多的行星，而且绝大多数呼吸氧气。莫非你认为沃尔克尼人来自气态巨星？"

外星科技学家坐起来，阴谋家似的笑道："不是沃尔克尼人，是罗伊德·阿瑞斯。砸开休息室的前壁，瞧着吧，甲烷和氨水就会冒着烟流出来。"她的手在空中比画着烟雾缭绕的样子，笑得喘不过气。

✳

系统安装完毕，开始运转。人机整合专家洛米·索恩坐在主控面板前。主控面板是个不起眼的黑色塑料盘，它的上方可以显示出上百个键盘的全息影像，各键盘的键位排列方式大相径庭。这些键盘轮番显现，即使在她使用时也在不断消失、重组。她的周围浮现着晶状数据表，排列着各种屏幕和读出装置，上边是一行行不断变化、旋转的数字和几何图形，它们犹如无尽的黑色金属，包裹着系统的中枢和灵魂。她愉快地坐在半明半暗的舱室里，吹着口哨，让系统运行几个简单程序，她的手指闪电般掠过不断明灭的按键。"啊。"她只说了这个字，笑了。过了一会儿，又一个字，"好。"

全系统运行的时刻到了。洛米·索恩卷起金属质地的左袖口，手腕插到控制面板下方，找到接口，插入，让自己和机器融为一体。界面出现。

狂喜。

屏幕上，十二种色彩混合，汇成墨迹图形，不断变化、融合、分离。

只片刻工夫便结束了。

洛米·索恩抽回手腕，脸上露出既吃惊又满足的笑容。但笑容之外还有一丝困惑。她用拇指摸了摸腕部植入芯片的插孔处。感觉暖暖的，带着一丝刺痒。洛米颤抖了一下。

系统运转十分完美。硬件状况良好，软件也正按照计划发挥作用，人机结合界面天衣无缝。像往常一样，这个过程让人兴奋。当她融入系统时，她拥有了超出她年龄的智慧，无比强大。她感到体内充满光，充满电，充满生机，感到自己的一切都是那么井井有条，那么振作奋发。她不再孤独，不再弱小。每次和机器融合，让自我扩张，都会产生这种感觉。

但这次有点儿不一样。有什么冷冰冰的东西触碰了她，只是一瞬间。冰凉异常、令人恐惧。在那一瞬间，她和她的系统都清楚地看到了它，但之后，它倏地消失了。

人机整合专家摇摇头，将胡思乱想逐出头脑。她继续工作，过了一会儿，她又吹起了口哨。

＊

到了第六周，阿丽丝·诺斯文德在准备小吃的时候割伤了手指，伤得很重。她当时站在厨房里，用一把长刀切加料香肠，然后突然尖叫起来。

丹尼尔和琳德兰跑过去，发现她恐惧地盯着面前的案板。她左手食指的第一节被切了下来，鲜血喷涌。"飞船晃了一下。"她盯着丹尼尔，痴痴呆呆地说，"你们没感觉到吗？它让刀子歪向一边。"

"找东西止血。"琳德兰说。丹尼尔惊慌地看着四周，"噢，得了得了，我自己来吧，"琳德兰边说边替诺斯文德包扎好伤口。

超感心理学家阿格莎·马里基-布莱克给了诺斯文德一颗镇定药，然后看着两个语言学家。"你们看到事发经过了吗？"

"是她自己拿刀子不小心。"丹尼尔说。

走廊深处的某个地方，发出一阵癫狂的、歇斯底里的笑声。

✳

"我给他用了抑制剂。"同一天晚些时候,超感心理学家向德布莱因报告,"超感抑制剂四号会让他的感应能力中断好几天。如果他需要,我这儿还有药。"

德布莱因十分难过。"我跟他谈过几次。我看得出来,特尔一天比一天害怕,可他对原因却只字不提。非得关闭他的感应能力不可吗?"

超感心理学家耸耸肩:"他已经快丧失理智了。以他的感应级别,真要崩溃的话,他会拉着我们大家一起垮台。德布莱因,你真不该把个一级感应师带上船,他们太不稳定了。"

"但我们必须跟外星种族沟通。提醒你一下,这不是个简单的任务。沃尔克尼人会比我们遇见过的任何智能种族更异于人类。想跟他们交流,唯一的可能就是通过一级感应师。我的朋友,想想吧,他们有那么多东西可以教给我们。"

"你说得倒轻巧。"她说,"但瞧瞧你那位一级感应师的状态吧,到时候,别说一级,他干脆就是个废人,根本指望不上。一半的时间,他缩在睡网里,蜷成婴儿姿势;另一半时间他到处乱窜,说些丧气话,把自己吓得半死。他一口咬定我们现在有危险,实实在在的危险,可他却并不知道是什么危险、来自何处。最糟糕的是我分辨不出他是真的感应到了什么,还是妄想症大发作。他倒是表现出了某些典型的妄想症症状,比如说他认定有人在监视他。说不定,他这些情况跟我们、跟沃尔克尼人并无关系，甚至跟他的能力都没有关系。但我现在无法断言。"

"你不是也有感应力吗？"德布莱因问，"你也可以感应他，不是吗？"

"用不着你指点我如何工作。"她厉声回答，"上周我跟他上过床，要说和谁协调一致、感应对方，这是最好的机会。但即便在那种情况下，我还是毫无收获。他的思维乱成一团，他的恐惧强烈得简直能散发出恶臭，甚至浸透床单。至于其他人，除了一般的紧张和沮丧之外，我没发现什么。但话又说回来，我只是个三级感应师，这个结论说明不了什么。我能力有限，再说我一直不舒服，你知道的，在这艘船上，我简直无法呼吸，觉得空气沉甸甸的，头一阵阵悸痛。我本应卧床休息才对。"

"是的，当然。"德布莱因赶紧说，"我没有责备你的意思。局面这么复杂困难，你做得已经够好了。特尔多久才能恢复？"

超感心理学家疲惫地揉着太阳穴。"我的建议是，一直给他服用抑制剂，直到此次任务结束。我警告你，德布莱因，发疯或者歇斯底里大发作的感应师是非常危险的。要知道，诺斯文德割伤手指那件事，说不定就是他干的。你还记得吗，事故刚过没多久，他就开始大喊大叫起来。也许他用意念碰了她一下，只一下——咳，这些是我瞎想，但的确有这种可能。关键在于，我们冒不起这个险。我这儿有足够的四号抑制剂，完全可以关掉他的感应力，而且不会影响他的其他方面，一直持续到我们返回阿瓦隆。"

"可是——罗伊德用不了多久就会带我们脱离跃迁，很快就要跟沃尔克尼人接触了。到那时，我们需要特尔，需要他的意念，他的感应力。非关掉他的感应力不可吗？难道就没有其他办法了吗？"

马里基-布莱克皱了皱眉。"另一个选择是给他注射一剂埃斯帕隆。那种药会让他的感应能力完全释放，几小时之内，他的感应力会扩大十倍。到那时，我希望他能发现他所感应到的危险的来源。如果没什么危险，就矫正自己的感觉，如果真有危险，那便着手对付它。不过我必须说明，四号抑制剂安全得多。埃斯帕隆是一剂猛药，会产生强烈的副作用。它将大幅度提高血压，有时还会导致窒息、癫痫，甚至出现过心跳终止的病例。当然，拉萨莫还年轻，我不担心他会出现最后那种情况。但我认为他情绪不够稳定，当埃斯帕隆大大增强他的感应力之后，他会不知道怎么应付。用抑制剂还有个好处：如果感应力关闭之后他还是那么害怕，那我们就可以断定，他的恐惧与他的超感能力无关。"

"他要是不再害怕了呢？"德布莱因问。

阿格莎·马里基-布莱克狡黠地一笑："你是说如果拉萨莫安静下来，不再一天到晚不停地重复什么地方有危险？这个嘛，就说明他没再感应到东西了。那就意味着，这里确实存在着某种东西，他之前感应到了。而他从一开始就是对的。"

✳

当天晚餐时，拉萨莫很安静，神思恍惚，机械地吃着东西，那双蓝眼睛里雾蒙蒙的。离席之后，他径直走到床边，一头扎进睡网，很快便陷入了昏睡。

"你对他做了什么？"洛米问马里基-布莱克。

"我关了他那个四处探头探脑的感应力。"她回答道。

"两星期前你就该这么做了。"琳德兰说，"吃药以后，他好打交道多了。"

卡罗里·德布莱因几乎没怎么吃东西。

人造的黑夜来临，德布莱因正端着可可想心事，罗伊德的投影出现了。"卡罗里，"幻影道，"能不能把你队员带来的电脑系统与我的飞船联通？沃尔克尼人的传说让我着迷，我想在空闲时研究一下。你的研究资料是储存在那里面的吧？"

"当然可以，"德布莱因有些心不在焉，"我们的系统已经运转起来了，跟夜行者号联通应该不成问题。我让洛米明天就处理这件事。"

房间里寂静无声，气氛凝重。卡罗里呷着可可，盯着暗处出神，几乎忘了罗伊德的存在。

"你有心事。"过了一会儿，罗伊德道。

"嗯？哦，是的。"卡罗里回过神来，"抱歉，我的朋友。我脑子有点乱。"

"是特尔·拉萨莫的事，对吗？"

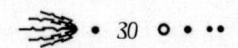

卡罗里·德布莱因看着对面这个苍白发光的影像,过了好一会儿,才僵硬地点点头。"是的。我能问问你是怎么知道的吗?"

"我知道夜行者上发生的一切。"罗伊德答道。

"你在监视我们,"卡罗里语气严肃,带着指责的意味,"看来,特尔是对的,我们的确被监视着。罗伊德,你怎能这样?偷窥有违你的身份。"

幻影透明的眼睛没有生机,这是一双视而不见的眼睛。"别告诉其他人。"罗伊德警告,"卡罗里,我的朋友——请允许我这样称呼你——关于监视,我有我的理由,而你们不需要了解。我不希望你们受到伤害。相信我。你雇我把你们安全地带往沃尔克尼飞船处,再安全返航,我想做的只有这些。"

"你在逃避话题,罗伊德。"德布莱因说,"为什么监视我们?你是不是把什么都看在眼里?你有偷窥癖,还是对我们怀有敌意?这就是你不跟我们待在一起的原因吗?你只想偷窥?"

"你的怀疑让我很难过,卡罗里。"

"你的欺骗也让我很难过。你还没有回答我的问题。"

"每个角落都有我的眼睛和耳朵,"罗伊德说,"夜行者上没有什么事能躲过我。我是不是把什么都看在眼里?不,有时不行。不管你的同事们怎么想,我只是个普通人,我得睡觉。显示屏会一直亮着,但不是随时都会看。我一次只能关注一两处地方或数据。有时我还会分心,变得不够机警。我看着一切,卡罗里,但我无法看到一切。"

"为什么?"德布莱因又给自己倒了一杯可可,努力让双手不要颤抖。

"我没必要回答这个问题。夜行者是我的飞船。"

德布莱因啜了口可可,眨眨眼,若有所思地点点头:"你的话让我伤心,我的朋友。你让我别无选择。特尔告诉我,有人在监视我们。我现在知道他是对的。他还说我们身处险境,某种异类在威胁着我们。是你吗?"

幻影一动不动,一言不发。

德布莱因大声说:"你不回答!好吧,罗伊德,我该做什么?如此一来,我只能相信特尔了。我们身处险境,而危险的来源可能就是你。那么,我必须中止这次任务,返回阿瓦隆,罗伊德。这就是我的决定。"

幻影微微一笑。"如此接近,却要放弃?我们很快就要脱离跃迁了。"

卡罗里·德布莱因的喉咙深处发出一声悲哀的低鸣。"我的沃尔克尼人。"他说着,叹了口气,"如此接近……是啊,弃他们而去真让我心痛。但我别无选择,别无选择。"

"你有选择,"罗伊德说,"相信我。我只要求这一点,卡罗里。相信我,我没有恶意。特尔一直在说有危险,但到目前为止,并没有人受到伤害。不是吗?"

"的确,"德布莱因承认,"除非算上阿丽丝,她今天下午割伤了自己。"

"什么,"罗伊德只迟疑了一会儿,"割伤了自己?我没看到,卡罗里。这是什么时候的事?"

"哦,有一阵子了……我想就在拉萨莫开始大吵大闹之前。"

"我明白了。"罗伊德的声音若有所思,"当时我正在看梅兰莎锻炼,跟她聊天。我没注意到。告诉我事情的经过。"

德布莱因告诉了他。

"听我说,"罗伊德说,"相信我,卡罗里,我会带你到你的沃尔克尼人那里。让你的人保持冷静,让他们相信我不会造成威胁。继续给拉萨莫用药,让他保持安静,你明白吗?这很重要。他是问题所在。"

"阿格莎也是这么说的。"

"我知道,"罗伊德说,"我同意她的说法。你会照我说的做吗?"

"不知道,"德布莱因说,"你让我很为难。我不知道哪里出了问题,我的朋友。你能跟我再说详细些吗?"

罗伊德·阿瑞斯没有回答。他的幻影在等待。

"好吧,"德布莱因最后道,"你不肯说。你真的让我太难办了。还要多久,罗伊德?还要多久我们才能见到我的沃尔克尼人?"

"很快,"罗伊德说,"大约再过七十小时,我们就会脱离跃迁。"

"七十小时,"德布莱因缓缓地道,"没多久了……两手空空地返航……"他舔舔嘴唇,端起杯子,发现里面已经空了,"那么,继续航行吧。我会按你说的做。我会相信你,继续给拉萨莫用药,我会只字不提你的监视。这够了吗?把我的沃尔克尼人带给我,我已经等得太久!"

"我知道，"罗伊德说，"我知道。"

幻影消失了，卡罗里·德布莱因独坐在阴暗的休息室。他想把杯子添满，手却颤抖起来，可可溅到手上，杯子掉了。他咒骂着，猜疑着，心里痛苦不已。

＊

第二天的气氛愈加紧张，空气中充满愤怒和烦躁。琳德兰和丹尼尔的"私下"争吵几乎半架飞船都听得到。休息室里一场三方战争游戏以克里斯托夫痛骂梅兰莎作弊而惨淡收场。洛米不断抱怨将她自己的系统与飞船连接时所碰到的异乎寻常的困难。阿丽丝·诺斯文德在休息室一坐就是几小时，盯着缠胶布的手指，怒气郁积。阿格莎·马里基-布莱克在走廊里来回走动，一会儿埋怨飞船太热一会儿埋怨飞船太冷，抱怨关节痛，对飞船混浊的空气和烟味也唠叨个没完。就连卡罗里·德布莱因都烦躁不安。只有心灵感应师看起来很满足。注射了足量的四号抑制剂以后，特尔·拉萨莫神情呆滞，昏昏欲睡，但至少他不再一看到什么影子就吓得哆嗦了。

罗伊德·阿瑞斯没有出现，不管是声音还是全息投影。

晚饭时，他仍没露面。学者们不安地吃着东西，以为飞船主人的投影随时会出现在餐桌旁，坐到平时的位子上，跟大家交谈。但直到晚饭结束，一杯杯可可、茶、咖啡摆在面前时，幻影仍旧没出现。

"咱们的船长好像很忙。"梅兰莎·基尔靠着椅背，一边观察其他人，一边晃动盛白兰地的酒杯。

"我们就要脱离跃迁了，"卡罗里·德布莱因说，"得做很多准备工作。"其实，罗伊德的缺席让他暗暗不安，不知他们这会儿是不是仍在他的监视之下。

罗因·克里斯托夫清清嗓子："既然除他之外，我们都在这里，不如来讨论些事情吧。我不在乎他是不是错过了晚饭。他不需要吃饭，他只是个该死的影像，一顿饭不吃有什么关系？说不定他真的不用吃，咱们可以讨论讨论。卡罗里，我们很多人都对罗伊德看不顺眼，你了解这个神秘人吗？"

"了解？我的朋友，"德布莱因起身续了杯浓浓的可可，慢慢啜着，想给自己争取一些思考的时间，"了解什么？"

"你没注意到吗，他从不出来玩儿。"琳德兰冷冷地说，"你雇下这艘船时，有谁提起过他这种怪癖吗？"

"我也想知道答案。"另一位语言学家丹尼尔附和道，"在阿瓦隆来来往往有那么多交通工具，你为什么偏偏选择阿瑞斯这艘？别人是怎么跟你说起他的情况的？"

"说起他的情况？我得承认，没说什么情况。我问过一些太空港官员和飞船租赁公司，他们都不认识罗伊德。你们也知道，他没在阿瓦隆做过生意。"

"真是个破借口。"琳德兰说。

"而且很可疑。"丹尼尔补充。

"他是哪儿的人？"琳德兰问，"丹尼尔和我仔细听过他讲话。他说话标准流畅，不带任何口音，没有什么能让我们辨别出他身份的特别音调。"

"有时候，他的话听起来有点陈旧过时，"丹尼尔插话，"他的话语结构偶尔会让我联想起某个地方。问题是这种情况每次出现时都不一样。说明他一定去过很多地方。"

"这个推论真是废话。"琳德兰拍了拍他的手，"亲爱的，生意人当然会到处走，拥有自己的飞船就更方便了。"

丹尼尔怒视着她，但琳德兰只管往下说："真的，你知道他的任何情况吗？我们这艘夜行者到底是从哪儿来的？"

"我不知道，"德布莱因承认，"我——我从来没想过打听这些。"

他的考察队员们难以置信地彼此对视了一眼。"你从来没想过？"克里斯托夫质问，"那么你为什么选这艘飞船？"

"我只能选这艘飞船。研究院管理委员会批准了我的项目，给我分配了人员。但他们腾不出一艘科考船。此外，研究经费也很有限。"

阿格莎·马里基-布莱克发出一阵苦笑。"我不知道你们有没有猜透其中玄机。这么说吧，研究院对他的外星神话研究很感兴趣，觉得沃尔克尼人的传说有点儿意思，但说到要出发去寻找他们，院方的态度就没那么积极了。于是乎，他们只给了他一点点经费，哄他高兴，让他继续下去。至于这次小考察，他们认为不可能有成果，所以给他分配的人手都是阿瓦隆想打发走的人。"她环视在座的每个人，"瞧瞧咱们这一伙吧，我们中没有一个是从一开始就参与了德布莱因的项目，全是为了出这趟差临时拼凑起来的。还有，我们中没有一个是第一流的学者。"

"你说的只是你自己吧,"梅兰莎·基尔说,"我可是主动要求参加的。"

"我不想在这个话题上纠缠。"超感心理学家继续道,"我想说的是,选择夜行者号不是什么了不起的大秘密。德布莱因,你选中这艘飞船,是因为它费用最少吧?"

"空闲的飞船还是有的,但它们的船主根本不理会我的计划。"德布莱因说,"我也承认,这个项目听上去是有些古怪。还有,飞船会在附近没有行星的星际空间脱离跃迁,很多船主对这点相当恐惧,几乎是一种迷信。而在那些同意出航的船主中,罗伊德·阿瑞斯的条件最好,而且他答应立刻出发。"

"可不是,我们必须立刻出发,"琳德兰嘲讽地说,"否则沃尔克尼人就会飞走。他们在这个区域已经飞了一万年了,这个判断嘛,最多也就是上下相差几千年吧。"

有人笑出声来,德布莱因为难地说:"朋友们,当然,我是可以推迟出发时间。我承认,我急切地想见到我的沃尔克尼人,看看他们那些伟大的飞船,向他们请教许多长期困扰着我的问题,去发现那个为什么。但我同样声明,推迟时间不会产生什么大问题。可为什么要推迟呢?罗伊德船长为人和善,驾驶技术娴熟,对我们也很好。"

"你跟他会过面吗?"阿丽丝·诺斯文德问,"我是说登船之前、你跟他安排各种事项的时候。你见过他吗?"

"我们谈过很多次。但我在阿瓦隆,罗伊德在轨道上。我只在显示屏上见过他。"

"他还是影像。电脑生成的,什么都说明不了。"洛米·索恩说,"我可以让我的系统造出各种各样的长相,卡罗里,再传送到你的显示屏幕上。"

"没人真正见过罗伊德·阿瑞斯。"克里斯托夫说,"从一开始,他就把自己弄成了一个神秘人物。"

"这是一种躲避手段。"琳德兰说,"他到底在躲什么?"

梅兰莎·基尔笑起来,所有目光都转移到她身上。她笑着摇摇头:"我瞧罗伊德船长没什么不妥,一个怪人正好从事这次奇怪的任务。你们这些人,难道就不喜欢神秘吗?瞧瞧这次任务吧,远行无数光年,目的是接触传说中的外星飞船,而早在人类学会打仗之前,这些飞船就从星系内部向外飞行了。你们呢,你们紧张不安的原因只是无法好好数数船长鼻子上长了几颗疣子。"她的手伸过桌子,给自己的白兰地杯子里又掛了些酒,轻声说,"我母亲说得对,普通的意思就是低档次。"

"也许我们应该听梅兰莎的。"卡罗里·德布莱因沉吟道,"罗伊德的怪癖是他自己的事,只要别影响我们就行。"

"反正我觉得不舒服。"丹尼尔轻声抱怨。

"说不定我们的同伴是个罪犯,或者异形。"阿丽丝·诺斯文德提醒道。

"他是个木星人。"不知谁嘟囔了一句。外星科技学家的脸唰地红了。长桌边有人开始偷笑。

但就在这时,特尔·拉萨莫从餐碟上抬起头来,视线躲躲闪闪,咯咯傻笑着。"异形……哈哈……"他的蓝眼睛来回乱转,似乎想钻进脑袋里躲起来似的。它们明亮而狂热。马里基-布莱克咒骂了一句:"药力失效了。"

又转身对德布莱因说:"我得回房再拿点药来。"

由于担心在飞船上造成恐慌,德布莱因一直很谨慎,没怎么对大家提起拉萨莫发神经的事。此时洛米·索恩追问道:"什么药?这是怎么回事?"

"危险。"拉萨莫喃喃自语。他转向坐在他身边的人机整合专家,一把抓住她的前臂,涂过的长指甲挠着她上衣的银色金属,"我们有危险,我跟你说,我感觉到了。某种异类,想对我们不利。血,我看见了血。"他大笑起来,"你尝不到吗,阿格莎?我几乎能尝到血的味道。它也能。"

马里基-布莱克站起身来。"他的状况很不好,"她说,"我给他服用抑制剂,以控制他的妄想症。我这就去拿药。"说完,她向门口走去。

"给他用了抑制剂?"克里斯托夫惊恐地说,"他在警告我们。你听不到吗?我想知道他说的是什么。"

"别用抑制剂,给他注射埃斯帕隆试试。"梅兰莎·基尔说。

"我的工作不用你指点,小姐。"

"很抱歉,"梅兰莎耸耸肩,"但我的确比你快三步。埃斯帕隆能打消他的虚妄念头,不是吗?"

"是这样,但是……"

"并且,这药能让他把精力集中到他所感应到的威胁上,对吧?"

"我了解埃斯帕隆的药性。"超感心理学家恼火地说。

梅兰莎端着白兰地酒杯笑起来:"我知道你了解。现在听我说,你们大家好像都对罗伊德很好奇,你们无法容忍他隐藏自己的情况。罗因已经编了几个星期的故事,其中任何一个他都可以相信。阿丽丝更是紧张到把自己的手指切下来。我们大家一直吵个不停。像这样疑神疑鬼,我们不可能团结协作。所以,结束这种状况吧。办法很简单。"她用手一指,"这儿坐着一个一级心灵感应师。用埃斯帕隆增强他的能力,之后他就能把船长的身世告诉大家,让所有人都满意。同时也能驱逐他自己的心魔。"

"他在窥视我们。"心灵感应师用低沉、急促的声音说。

"不,"卡罗里·德布莱因说,"我们必须抑制特尔。"

"卡罗里,"克里斯托夫说,"我们拖得太久了。大家都很紧张,这小伙子更是吓得要死。我认为是时候揭开罗伊德·阿瑞斯的秘密了。梅兰莎说得对。"

德布莱因很为难:"我们没有权利……"

"我们必须这么做。"洛米·索恩说,"我赞同梅兰莎。"

"对。"阿丽丝·诺斯文德附和。两个语言学家也点点头。

德布莱因想着对罗伊德许下的承诺,心里觉得很过意不去。但他们没给他选择的余地。他与超感心理学家对视一眼,叹口气:"好吧,给他注射埃斯帕隆。"

"他想杀我。"年轻人跳起来尖叫。洛米·索恩抓住他的胳膊,试图让他平静下来,他却抓起一杯咖啡,泼到她脸上。三个人才把他控制住,可感应师仍在不停地挣扎。"快点。"克里斯托夫催促。马里基-布莱克打了个哆嗦,离开了休息室。

超感心理学家一回来,其他人就把拉萨莫架到桌子上,将

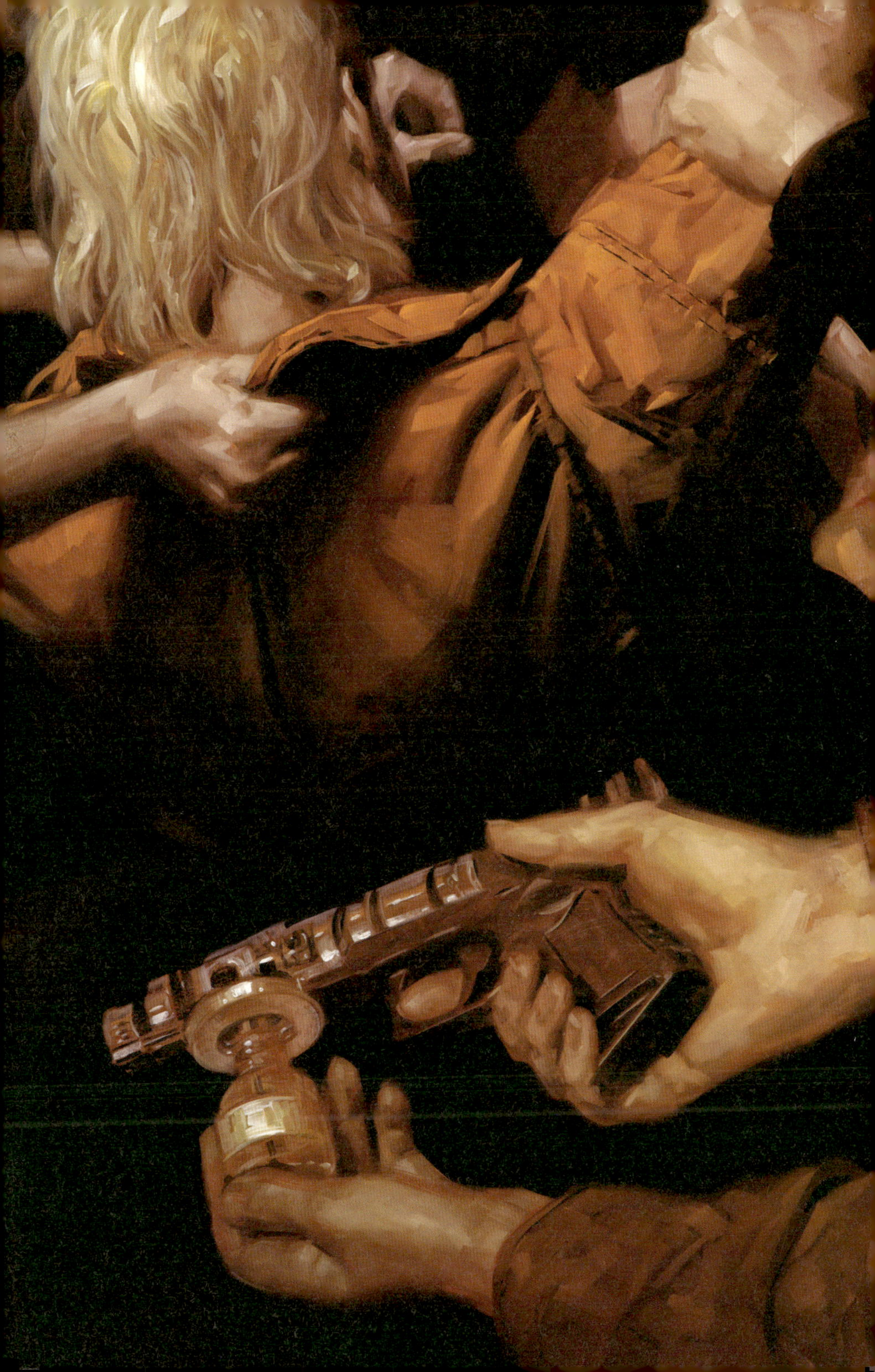

他摁倒。他的淡色长发被拨到一侧，露出颈动脉。

马里基-布莱克走了过去。

"放开他，"罗伊德说，"没必要这样做。"

他的幻影突然在长桌尽头的空椅上现身。正将埃斯帕隆吸进注射枪的超感心理学家一下子僵住了。阿丽丝·诺斯文德吓了一大跳，松开了拉萨莫的一只胳膊。但俘虏并没有趁机挣脱，他躺在桌子上，喘着粗气，淡蓝色的眼睛呆滞无神，瞪着罗伊德的幻影，仿佛被影像的突然出现定住了，无法动弹。

梅兰莎·基尔举杯致敬："喔，船长，你错过了晚餐。"

"罗伊德，我很抱歉。"卡罗里·德布莱因内疚地说。

幻影视而不见的眼睛注视着远处的墙壁。"放开他。"声音从对讲机中传出，"如果我的隐私让你们如此恐惧，我愿意把这个天大的秘密告诉你们。"

"他一直在监视我们。"丹尼尔说。

"说吧。"诺斯文德怀疑地说，"你到底是什么？"

"你那个气态巨星的猜测很有意思，"罗伊德说，"遗憾的是，真实情况没那么戏剧化。我只是个普通中年人，如果你们想知道准确岁数，六十八个标准年。你们面前的投影是真实的罗伊德·阿瑞斯，或者说，是一些年前的罗伊德·阿瑞斯。现在的我老了一些，但为了接待客人，我用电脑模拟出了一个更年轻的形象。"

"是吗？"洛米·索恩问道，她脸上被咖啡烫到的地方红通通的，"那为什么搞得这么神神秘秘？"

"这个故事要从我的母亲说起。"罗伊德回答，"夜行者号最初是她的船，是新荷尔姆的太空船厂按她的要求特别定制的。我母亲是个自由贸易者，事业非常成功。她出生在一个叫沃斯的世界，离这里很远，或许你们当中有些人听说过。她的家庭在当地地位很低，但她努力工作，一步一步向上攀登，最后拥有了自己的船队。没过多久，便挣下了巨额财富，因为她愿意接运不同寻常的货物，愿意偏离主航道，将货物运到更遥远的地方，比别的船愿去的地方远一个月、一年甚至两年。这样，风险固然大大增加，但利润也高得多。我母亲从不考虑她和船员多久才能回一次家。她以飞船为家，第一次离开沃斯就把它彻底抛诸脑后。只要能够避免，她从不两次前往同一个地方。"

"她喜欢冒险。"梅兰莎说。

"不，"罗伊德说，"真正的原因是，我母亲极度厌恶与人交往。她不喜欢人类，一点儿也不喜欢。她的船员对她没有好感，我母亲也讨厌他们。她有一个毕生的梦想——自己驾驶飞船而不用任何船员。有钱以后，她开始实践，于是夜行者号诞生了。自从驾着夜行者号离开新荷尔姆，她再也没有踏上过任何一颗行星的土地，再也没有接触过任何一个人类。她通过现在属于我的这艘飞船处理所有商业事务，和人打交道都用显示屏和激光通讯射束。你也许会称之为疯狂。是的，没错。"幻影淡淡地笑笑，"但她的一生确实多姿多彩，即使在与世隔绝之后仍然如此。卡罗里，她见过多少奇异的世界啊！如果把她的经历告诉你，你会被迷得神魂颠倒。但她的这些事，你永远不会知道了。她销毁了大部分记录，唯恐她死之后，其他人利用她的经历牟利或取乐。她就是这样的人。"

"那你呢?"阿丽丝·诺斯文德问。

"至少她跟某个人类亲密接触过。"琳德兰插话说,脸上挂着暧昧的笑容。

"我其实不该叫她母亲。"罗伊德道,"我是她的男性克隆体。在这艘船上独自飞行三十年之后,她厌倦了。克隆我是想让我充当她的同伴和情人。她本来可以精心塑造我,把我培养成为完美的玩物,但她对小孩没耐心,不打算亲自抚养。我被密封在培养容器里,一个联在她电脑上的胚胎,电脑就是我的老师,我出生前是这样,出生之后仍然如此。其实我根本无所谓'出生'。正常孩子呱呱坠地,我却被关在容器里,缓慢地成长、学习。我什么都看不见,只有梦境,还有赖以维生的输送养分的管子。只有等到了青春期,她觉得能与她为伴的时候,我才会被放出来。"

"太可怕了。"德布莱因说,"罗伊德,我的朋友,我不知道是这样。"

"我真为你难过,船长。"梅兰莎·基尔说,"你被剥夺了童年。"

"我从来没有怀念过童年,"罗伊德说道,"她也没怀念过她的童年。不过,她的计划落空了。我被克隆几个月之后,她死了。但她事先作了安排,让飞船可以应付这种突发事件。飞船停止飞行,自动关闭,在星际空间飘浮了十一个标准年。在这段时间里,电脑将我——"他停住笑了笑,"我本来想说,电脑将我培养成了一个人类。这么说吧,这段时间里,电脑将

43

我培养成了现在这种人。我就是这样继承了这艘飞船。从容器里'出生'以后,我花了好几个月来熟悉飞船的操作,并探究身世。"

"太神奇了。"卡罗里·德布莱因感叹。

"是啊,"女语言学家琳德兰也说,"但这还是不能解释你为什么要封闭自己。"

"他已经解释得很清楚了。"梅兰莎·基尔道,"不过船长,或许你得给这些没改良的人再费点口舌。"

"我母亲憎恨行星,"罗伊德说,"她厌恶行星上的臭味、泥土、细菌和阴晴不定的天气,厌恶其他人的目光。她打造了一个完美的环境,竭尽所能让它彻底无菌化。她同样不喜欢重力。在负担不起人造重力的自由贸易飞船上工作时,她习惯了失重状态,并更喜欢那种状态。

"这就是我出生长大的环境。我的身体没有抵抗力,跟你们任何人接触都可能让我大病一场,甚至要了我的命。我的肌肉萎缩,没有力量。夜行者舱内的重力是为了方便你们而制造出来的。但这种重力让我痛苦不已。现在,真正的我坐在一把可以支撑我的体重的悬浮椅上,但我仍然觉得难受,也许我的内脏已经受损。这也是我为什么不经常搭载乘客的原因之一。"

"这么说,你对人类的看法同你母亲一样?"超感心理学家马里基-布莱克问。

"不,我喜欢人类。我自己就是人类,虽然这不是我的选择,但我接受这点。我只能通过二手途径体验人类的生活。我贪婪地读书,阅读小说、戏剧、历史;听录音带,看三维戏剧；还服用梦尘，在致幻剂带来的梦境中体验生活。偶尔，我还会鼓起勇气，搭载些乘客。每当这种时候，我就会尽可能地深深啜饮他们的生活。"

"你怎么不让飞船保持失重状态呢？"洛米·索恩建议。

"的确可以。"罗伊德礼貌地回答，"但我发现，出生在行星上的人，绝大部分不喜欢失重状态，就和我不喜欢重力环境一样。没有或者不启用人造重力的飞船很难找到乘客。就算有少数人愿作这种尝试，旅途的大半时间也会病倒卧床不起。这样当然不行。我知道，我其实也可以和乘客们来往，只要坐在悬浮椅上，再穿一身全封闭保护服就行。我也这样做过。但我发现，这种做法不但没有增加，反而减少了我的参与度。我成了个怪物，一个残废，大家必须以不同的方式对待我，跟我保持距离。这不是我的目的。我更喜欢像这样跟乘客隔离开来。只要我能鼓起勇气，我就会搭载一批异类，并认真研究这些乘客。"

"异类？"诺斯文德不解地问。

"对我来说，你们都是异类。"罗伊德答道。

夜行者号的休息室里一片沉默。

"朋友，刚才的一切，我感到抱歉。"卡罗里·德布莱因对幻影说。

"抱歉。"超感心理学家嘟囔了一句。她皱着眉头，将一瓶埃斯帕隆吸入注射枪的腔室，"嗯，说得倒是头头是道。可这些是真话吗？我们仍旧没有证据，有的只是一个床头故事。这个幻影大可以宣称自己是木星生物，是智能电脑，或者战争罪犯。我们没有任何办法辨别他的话是否真实。不——我们有一个办法。"她快步走到感应师躺着的床边,"他仍需要治疗,而我们也仍旧需要确认罗伊德的话。反正已经走到了这一步,这会儿停下毫无意义。明明可以就此了断,为什么还要让这种心神不定的状态继续下去?"她将感应师不再反抗的脑袋侧向一边,找到动脉之后,将注射枪紧贴在他的皮肤上。

"阿格莎,"卡罗里说,"你不觉得……或许我们不应该这样做,既然罗伊德……"

"不!"罗伊德说,"住手,我命令你。这是我的飞船,快住手!不然……"

"……不然怎么样?"注射枪咻的一响。挪开以后,心灵感应师的脖子上留下一块红印。

拉萨莫双肘撑着身子半坐起来。"特尔,"马里基-布莱克拿出最职业化的口吻对他说,"把注意力集中到罗伊德身上,你能做到的。我们都知道你很棒。只要一会儿,埃斯帕隆就会彻底激发你的潜能。"

年轻人淡蓝色的眼睛里雾蒙蒙的。"还不够近。"他喃喃道,"一级,我是一级,经过验证的一级。很棒,你们知道我很棒。但我必须再近些。"他开始颤抖。

超感心理学家伸出一只胳膊搂着他,轻轻抚摸,循循诱导。"埃斯帕隆会让你的感应力延伸得更远,特尔。感觉一下,感到你变得更有力量了。你感觉到了吗?一切都变得越来越清晰,是不是?"她鼓励地说,"你能读到我的想法,我知道你能。但别管我的想法,也别管其他人,把你感应到的其他想法全推到一边去,所有的思想、欲望、恐惧统统抛开。还记得吗?你说我们有危险,记得吗?寻找它,特尔,找到它。把你的意念延伸到舱壁另一边,告诉我们那边有什么,把罗伊德的事告诉我们。他说的是实话吗?告诉我们。你很棒,大家都知道,你能告诉我们。"她不住地念诵。

年轻人甩开她的手臂,自己坐直。"我感应到了。"他的眼神突然清晰起来,"有些东西……我头好疼……我害怕!"

"别害怕。"马里基-布莱克说,"埃斯帕隆不会让你头疼,只会强化你的能力。没什么好怕的。"

她轻抚他的前额,"告诉我们你看到了什么?"特尔·拉萨莫用孩童般惊恐的眼神看着罗伊德的影像,舌头不停地舔着下唇:"他是——"

他的脑袋突然迸裂开来。

※

歇斯底里,一片混乱。

感应师头颅爆炸的力量很大,鲜血溅了大家一身。尸体还在桌面上蹦跶了好一会儿,颈动脉里喷射出一股股血柱,抽搐的四肢疯狂起舞。他的脑袋已不复存在,但他仍不肯安宁下来。阿格莎·马里基-布莱克正站在他身边。她手中的注射枪掉在地上,嘴巴呆滞地张着,满身鲜血,沾满细碎的血肉。一块长而尖利的碎骨刺进她右眼下的皮肤,她的血与感应师的血混在一起,可她却似乎毫无察觉。

罗因·克里斯托夫仰面跌倒，连滚带爬地站起来，紧紧贴住墙壁。

丹尼尔尖叫，尖叫，不停地尖叫，直到琳德兰一记耳光扇在他沾满血迹的脸上，呵斥着让他安静。阿丽丝·诺斯文德扑通跪下，用一种奇怪的语言喃喃祷告。

卡罗里·德布莱因呆坐着，两眼直愣愣地瞪着，完全忘了手里还端着可可杯子。

"做点儿什么，"洛米·索恩哀鸣不已，"谁来做点儿什么。"琳德兰的一只胳膊无力地动了一下，擦过她的身体。她尖叫一声躲开。

梅兰莎·基尔将白兰地杯子往旁边一放。"大家镇定。"她厉声喝道，"他死了，不会伤着你们。"

他们望着她，除了德布莱因和马里基-布莱克——这二人似乎已经吓呆了。罗伊德的投影不知何时消失了。梅兰莎开始下令："丹尼尔，琳德兰，罗伊德——找条床单之类的东西把他裹起来搬走；阿丽丝，你和洛米找些水和海绵。我们得把这儿弄干净。"其他人都照她的吩咐冲出去找材料，梅兰莎朝卡罗里走来。"卡罗里，"她的手轻轻放到他肩上，"你还好吗，卡罗里？"

他抬头看着她，灰色的眼睛眨巴着。"我……好，还好，我……我让她不要那么做。梅兰莎，我说过。"

"对，你说过，"梅兰莎·基尔道。她坚定地拍了他一下，沿着桌子走到阿格莎·马里基-布莱克身边，"阿格莎。"她叫道。但超感心理学家没有反应。梅兰莎抓住她的肩膀前后摇

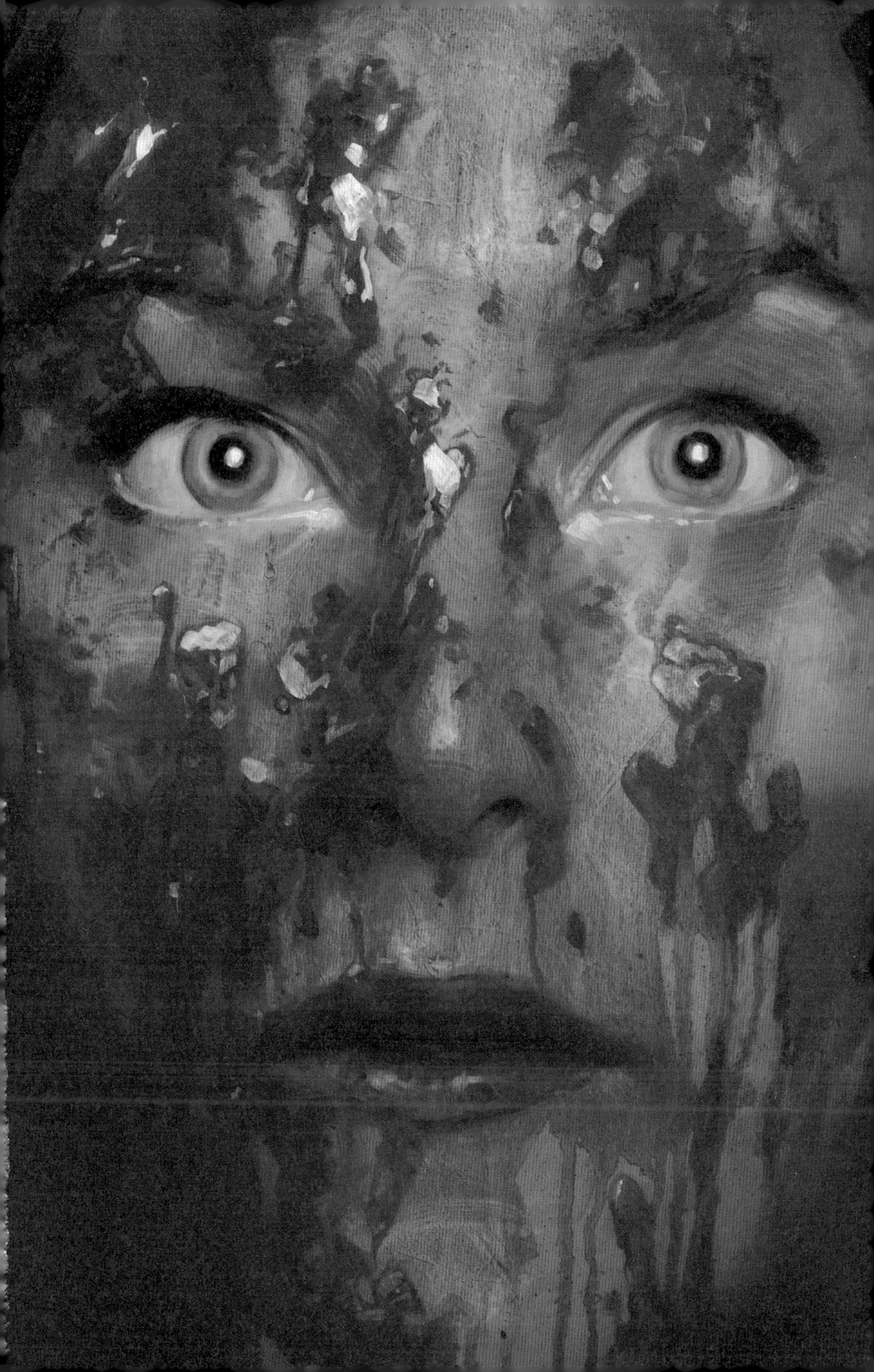

晃，她仍旧毫无反应，眼神空空洞洞。"受惊过度。"梅兰莎一边说，一边皱眉看着刺入马里基-布莱克脸颊的白色骨头，然后用餐巾擦拭她的脸，小心地取出碎骨。

"怎么处置尸体？"琳德兰问。他们找来一条床单把它包了起来。尸体停止了抽搐，但血还在往外冒，染红了床单。

"放进货舱的一间舱室。"克里斯托夫建议。

"不，"梅兰莎说，"那不是无菌舱室，尸体会腐烂。"她想了一会儿，"给他穿上宇航服，放进动力室。想个办法把它塞进去捆在什么地方。必要的话可以撕碎床单。飞船那部分是真空，放那儿最合适。"

克里斯托夫点点头，他们三人行动起来，抬着拉萨莫沉沉的尸体。梅兰莎转身想照看马里基-布莱克，正在擦拭桌面血迹的洛米·索恩突然剧烈干呕起来。梅兰莎低声咒骂，吆喝道："来个人帮帮她。"

卡罗里·德布莱因终于可以动弹。他起身接过洛米手中被血浸透的抹布，扶着她离开这里，去他的房间。

"我一个人没法做这些事！"阿丽丝·诺斯文德满心厌恶地哭喊着，也想抽身离开。

"那就过来帮我。"梅兰莎说。她和诺斯文德半牵半抬地把超感心理学家带出休息室，脱下她的衣服，擦干净身体，给她打了一针她自己的药物让她睡去。随后，梅兰莎拿起注射枪，在所有人那儿转了一圈，问谁需要用药。诺斯文德和洛米·索恩需要温和的镇静剂，丹尼尔则要了一剂强效的。

※

三个小时后，幸存者们才再次见面。

他们聚到货舱里最大的舱室，考察队员中有三人的睡网支在那里。八人中来了七个。阿格莎·马里基-布莱克仍不清醒，没人清楚她是在睡、在昏迷，还是受惊过度吓傻了。其他人看上去已经恢复，只是脸色仍旧苍白憔悴。大家都换了衣服，连人机整合专家也换了套新的连体服，虽然式样与旧的没什么不同。

"我不明白，"卡罗里·德布莱因说，"我想不通这是怎么回事，什么东西能……"

"罗伊德杀了他。"诺斯文德咬牙切齿，"他的秘密受到威胁，所以他就——就把他炸掉了。大家都亲眼所见。"

"我无法相信，"卡罗里·德布莱因痛苦地说，"我不相信。我跟罗伊德谈过。许多夜晚，你们都已睡下，我们却在交谈。他很温和，很好奇，很敏感，他是个梦想家。他知道考察沃尔克尼人的严肃性，他不会做出这种丧心病狂的事。"

"惨剧发生以后，他的投影就消失了。"琳德兰说，"你们也都注意到了，从那之后他一直没说话。"

"你们大家的话不也没有平时多吗。"梅兰莎·基尔反驳，"我也不知道究竟是怎么回事，但凭直觉，我同意卡罗里的观点。我们没有任何证据证明船长是元凶。这里面一定有什么我们还没弄明白的事。"

阿丽丝·诺斯文德哼了一声:"证据!"

"事实上,"梅兰莎置之不理,继续说道,"我不知道是否真的存在凶手。注射埃斯帕隆之前他好好的,会不会是药物的问题?"

"这个副作用的劲头可真够大的。"琳德兰低声咕哝。

罗因·克里斯托夫皱着眉头:"虽然这并非我研究的领域,但我觉得不像。埃斯帕隆的药性猛,会造成极强的心理和生理反应。但还没强到这种程度。"

"这样的话,"洛米·索恩问,"是什么害死了他?"

"置他于死地的或许正是他自身的超能力。"

外星生物学家道:"药物大大增强了他的超能力。除了强化他的力量和敏感度以外,埃斯帕隆可能还激发出了潜伏在他体内的其他超能力,最终导致他送了命。"

"其他超能力?说具体点。"洛米·索恩道。

"生物电控制。意念遥控。"

梅兰莎·基尔早已想到大家的前头。"埃斯帕隆大大提高了他的血压,又将全身血液急速输往脑部,造成颅腔压力急剧增大。与此同时,他的超能力又使他头部周围的空气压力降低,在短短的一瞬间形成一个真空。大家可以想象一下。"

他们照做了,但没人喜欢那场面。

"不可能有谁故意干出那种事,"卡罗里·德布莱因说,"只能是他自身的原因,他自身的超能力失控了。"

"也可能是一股更强大的超能力控制了他的超能力,让它反作用于感应者本身。"阿丽丝·诺斯文德固执地说。

"控制他人的身体、思想或者灵魂——人类心灵感应师不可能做到，哪怕只是一瞬间。"

"没错，"矮小敦实的外星科技学家说，"人类做不到。"

"来自气态巨星的怪物？"洛米·索恩的语气充满嘲讽。

阿丽丝·诺斯文德盯着她："我可以举出克雷超感人、吉斯洋基的灵魂吸食者，这些还只是我一时想到的种族。像这样的种族有一大堆，没必要一一列举。我只说一种：哈兰甘人，他们就有意念伤人的本领。"

这种猜测让大家毛骨悚然。想到夜行者主控舱里藏着一个拥有巨大且恶毒力量的哈兰甘人，所有人都沉默了，变得坐立不安。最后，梅兰莎·基尔用一声短促、嘲弄的大笑打破了僵局。"你这是自己吓唬自己，阿丽丝。"她说，"好好想想，你就知道这些话是多么可笑。你们都还是什么研究外星的专家呢。语言学家，心理学家，生物学家，科技学家。真是的。我们与古代哈兰甘人打了一千多年的仗，却从来没有跟任何一个哈兰甘人成功交流过。如果罗伊德·阿瑞斯是哈兰甘人，那从大崩溃到现在这几个世纪，他们的交流技能准是大大改进了。"

阿丽丝·诺斯文德涨红了脸，喃喃说道："你说得没错，是我太紧张了。"

"朋友们，"卡罗里·德布莱因说，"我们不能惊慌失措，疑神疑鬼。悲剧已经发生，我们的一个同伴遇难了，而且目前暂时找不出原因。但我们还是要继续调查，直到找出真凶。现在不能草率行事伤及无辜。也许等我们返回阿瓦隆以后，有关方面能查明真相。尸体保存没问题吧？"

"我们通过减压舱将它放进动力室，那里是真空，尸体能够完好保存住。"女语言学家说。

"这样的话，我们返航之后就能好好检查了。"德布莱因说。

"我们必须立即返航。"诺斯文德说，"告诉阿瑞斯马上掉转航向。"

德布莱因大吃一惊。"沃尔克尼人怎么办！再过一个星期，如果我的数据准确，我们就能遇到他们了。返回需要六个星期，再多等一个星期也是值得的，对吧？特尔不会希望他的死没有任何价值。"

"特尔死前不断说起异类，说有危险。"诺斯文德固执己见，"而我们正急急忙忙赶去与外星人会面。如果危险就来自他们，怎么办？说不定沃尔克尼人比哈兰甘人更可怕。或许他们根本不想被发现，不想被找到，不想成为研究对象。那样的话该怎么办，卡罗里？这些你想过吗？你那些故事传说——不是记载了遇到沃尔克尼人的种族的悲惨遭遇吗？"

"传说，"德布莱因道，"迷信而已。"

"某个传说中提到，整个费恩迪族群都消失了。"罗因·克里斯托夫插话。

"传说中的恐惧不足取信。"德布莱因争辩。

"或许这些传说里没什么真东西。"诺斯文德道，"但你想冒险吗？这值得吗？为了什么呢？你那些资料也许根本就是别人杜撰的，夸大的，说不定还完全是错的。你的理解和计算也可能出问题。又或者，他们早已改变了路线。等我们脱离跃迁状态,离沃尔克尼人还不知有多少光年呢!"

"啊,"梅兰莎·基尔说,"我明白了。既然它们那么危险,而且也可能根本找不到它们,那我们干脆别去了,就此打道回府吧。"德布莱因笑了,琳德兰也忍不住笑出声来。"有什么好笑的?"外星科技学家顶了一句,但没再多说。

"即使有危险,"梅兰莎接着说,"在我们到达目的地、脱离跃迁之前,危险性也不可能大大增加。我们总归是要脱离跃迁的,哪怕是为了返航重新编程,也得先脱离跃迁。再说,我们已经为沃尔克尼人走了这么久,我得承认我自己对他们很好奇。"她依次看着大家。没人提出异议,"那么,我们继续前进。"

"罗伊德怎么办?"德布莱因问。

"如果可能,像从前一样对待我们的船长。"梅兰莎用决定的口气说,"打开对讲机跟他通话。如果罗伊德愿意开诚布公,或许我们现在就能搞清楚一些一直困扰着我们的谜团。"

"他可能跟我们一样,对发生的事感到震惊。我的朋友们。"德布莱因说,"他也许会怕我们责怪他,甚至伤害他。"

"我认为我们应该打穿舱壁,进入他的区域,哪怕连踢带打也得把他拖出来。"克里斯托夫说,"我们有工具,这样能以最快速度把我们的恐惧画上句号。"

"那会要了罗伊德的命,"梅兰莎说,"他也会有正当的理由以任何手段来阻止我们。他控制着飞船。如果他决定与我们为敌,他能做出更多不利于我们的事。"她用力摇摇头,"不,罗因,我们不能攻击罗伊德。我们必须安慰他。如果没人愿意做，那我来。"没有人自告奋勇，"好吧，我来做，但我不想你们去实施什么愚蠢的计划。管好自己的事，表现得跟往常一样。"

德布莱因点点头。"先别想罗伊德跟特尔了，集中精力开始准备吧。脱离跃迁、重新进入正常空间时，感应仪器和电脑系统都必须运行起来。我们还得温习一下沃尔克尼人的信息。"接着，他转向两个语言学家，和他们讨论下一步工作。不一会儿，夜行者号乘客的话题便转向了沃尔克尼人，大家渐渐忘却了恐惧。

洛米·索恩一直坐在那里，静静地听着，心不在焉地用拇指抚弄着手腕的植入芯片。没有人注意到她若有所思的表情。

连一直在偷听的罗伊德也没有发现。

梅兰莎·基尔独自返回了休息室。

不知是谁把灯关上了。"船长？"她轻声唤道。

他出现在她面前，苍白，发出柔和的光，眼睛视而不见。一身薄薄的、过时的衣服，只有纯白和淡蓝两种色调。"你好，梅兰莎。"对讲机里传出圆润的声音，他的影像也无声地做出相应的口型。

"你都听到了吧，船长？"

"是的。"他的声音里透出一丝惊讶，"夜行者上发生的一切我了如指掌。不仅在休息室，也不仅限于对讲机和观察屏开启的时候。你是什么时候知道的？"

"什么时候？"她笑了，"在你称赞阿丽丝气态巨星的猜测时。那天晚上对讲机并没有打开，你不可能知道，除非……"

"之前我从未犯过这样的错误。"船长承认,"我告诉了卡罗里,但那是特意告诉他的。现在,对不起,我承受着很大压力。"

"我相信你,船长。"她接着说,"没关系。我可是改良版,记得吧?几星期前我就开始猜测了。"

一时间,罗伊德沉默了,然后他问:"你打算什么时候来安慰我?"

"我现在就在做啊。觉得好些了吗?"

幻影耸耸肩。"很高兴你和卡罗里没把我当成杀人凶手。否则我会很恐慌。情况有些失控,梅兰莎。为什么她不听我的劝告?我告诉过卡罗里,要他抑制那个感应师。我告诉阿格莎不要给他注射。我警告过他们。"

"他们同样很恐惧。"梅兰莎说,"他们害怕你是想吓退他们,来保护你可怕的计划。我不知道。某种程度上,这是我的失误,是我建议使用埃斯帕隆的。我觉得那样能让特尔放松下来,告诉我们关于你的事情。我很好奇。"她皱起眉头,"要命的好奇心,弄得我的双手沾染了鲜血。"

梅兰莎的眼睛渐渐适应了这个房间的黑暗。借助幻影发出的微光,她能看见惨剧发生的那张桌子。桌面布满暗色污迹,那是血。她隐约听到液体滴落的滴答声,不知是血还是咖啡,她忍不住颤抖起来。"我不喜欢这里。"

"如果你想离开,我可以陪你去任何地方。"

"不,"她回答,"我就待在这儿,罗伊德。我觉得,如果你不这样随时随地盯着我们,也许会好些。换句话说,别看也别听。如果我要求，你会关掉飞船上的监控设备么？当然，休息室例外。这样肯定会让大家感觉自在些。"

"可他们并不知情。"

"他们总会知道的。你当着所有人的面评论气态巨星的说法。有些人肯定已经察觉到了。"

"即使我告诉你我已经关掉了，你也不能确定是不是真的。"

"我信得过你。"梅兰莎回答。

两人陷入沉默。幻影似乎若有所思。过了一会儿，罗伊德终于开口："如你所愿，我关掉了一切监视系统。现在我的视听仅限于这个房间。梅兰莎，答应我，现在你必须管住他们。不能搞什么阴谋，或者进入我的区域。你能做到么？"

"我想我能。"

"你相信我的身世？"罗伊德问。

"嗯，"她答道，"很离奇的故事，船长，非常精彩。如果是编造的，我很乐意跟你交换这种档次的谎言，什么时候都行。如果是真的，那么离奇、精彩的就是你了。"

"是真的。"幻影低声回答，"梅兰莎……"

"什么？"

"你介意我……监视过你么？在你无意识的情况下监视过你？"

"有一点，"她回答，"但我想我能理解。"

"我看过你做爱。"

她微笑起来。"哦，这方面我相当出色。"

"我不知道，但看着真不错。"罗伊德说。

又是一阵沉默。她竭力不去听那种持续而又微弱的滴答声。犹豫了一会儿,她说:"好的。"

"好的?什么好的?"

"好的,罗伊德,"她强调,"如果可能,我可以跟你上床。"

"你怎么知道我在想什么?"罗伊德吓了一跳,声音里充满焦虑,还有某种十分接近恐惧的东西。

"我是改良版呀。"她回答,"再说这也不是什么难猜的事。你忘了?我总是快你三步。"

"你不会也有感应力吧?"

"不,"梅兰莎说,"当然不。"

罗伊德顿了很久,"我相信我已经得到了安慰。"

"很好。"梅兰莎说。

"梅兰莎,"他又说,"还有件事,有时候,比别人快几步并不好。你明白吗?"

"什么?不,完全不明白。你吓到我了。现在轮到你安慰我了,罗伊德船长。"

"哪方面?"

"船上到底发生了什么?"

罗伊德没有回答。

"我觉得你知道些什么。为了阻止他们给他注射埃斯帕隆,你把自己的秘密和盘托出。之后,你还'命令'我们别再追究。为什么?"梅兰莎问。

"埃斯帕隆是一种危险药物。"罗伊德说。

"没那么简单，船长。"梅兰莎逼问，"是什么杀了他？或者说，是谁？"

"不是我。"

"我们中的一个？沃尔克尼人？"

罗伊德没有回答。

"有其他异形上了你的船，船长？是不是？"她追问。

仍是沉默。

"我们有危险吗？我有危险吗？船长，我并不害怕，是不是很傻啊？"

"我喜欢人类。"罗伊德终于说，"在我能承受的范围之内，我喜欢搭载乘客。我观察他们。其实他们没那么糟糕。我尤其喜欢你跟卡罗里，不会让你们出事的。"

"会出什么事？"她问。

罗伊德不肯开口。

"那么其他人呢，罗伊德？克里斯托夫与诺斯文德？丹尼尔、琳德兰跟洛米·索恩？你也会保护他们吗？还是只管我与卡罗里？"

没有回答。

"你今晚不太爱说话。"梅兰莎盯着他说。

"我有些紧张，"他答道，"有些事你不知道更安全。去睡吧，梅兰莎·基尔。我们说得已经够多了。"

"好吧，船长。"她对幻影微笑着挥手，幻影也向她挥手。梅兰莎温暖黝黑的血肉之躯和罗伊德苍白的幻影直面相撞，重叠到了一起。梅兰莎·基尔转身出去，直到进入走廊，再次沐浴在灯光之下,她才停止颤抖,找回了安全感。

※

虚假的午夜来临。

学者们的讨论结束了,他们一个接一个入睡。连卡罗里也睡了。休息室的一幕让他对可可都倒了胃口。

入睡前,两个语言学家激烈地做爱,弄出了很大声响,似乎要在特尔·拉萨莫的惨死之后确认自己仍还活着。罗因·克里斯托夫刚刚还在听音乐。但现在他们都睡着了。

夜行者号上一片寂静。

货舱中最大的舱室一片黑暗,里面并排挂着三张睡网。熟睡中的梅兰莎偶尔会抽搐一下,脸颊发烫,好像在做着什么噩梦。阿丽丝·诺斯文德仰面平躺,响亮地打鼾,结实、肉滚滚的胸部发出一阵阵呼哧呼哧的喘气声,与鼾声相和。

洛米醒着,想着。

终于,她起身轻轻翻下睡网,身体赤裸,动作轻得像只猫。她穿上紧身短裤,套上一件金属质地的黑色宽袖上衣,腰间用一条银链扎住。她晃晃头,让短发散开。她没穿靴子,赤脚走路更安静,她的脚小巧柔软,没有一个茧疤。

她走到中间的睡床,摇晃阿丽丝的肩膀。鼾声突然停住。"啊?"外星科技学家发出不满的哼哼声。

洛米对她一招手,悄声说:"来。"

阿丽丝眨巴着眼睛,拖着步子,跟随人机整合专家出门来到走廊上——她睡觉时也穿着那套连身衣裤，拉链一直敞到裤裆。她皱着眉，把拉链拉上。"到底有他妈的什么事？"她嘟囔着，觉得晕头转向，一肚子不高兴。

"有一个办法能鉴别罗伊德的话是真是假。"

洛米·索恩小心翼翼地说："不过梅兰莎会反对。你想尝试一下吗？"

"怎么做？"诺斯文德问，脸上露出颇感兴趣的神情。

"跟我来。"人机整合专家说。

货舱三个较小的舱室中有一个已经改成了电脑控制室。她们悄悄溜了进去。里边空无一人。晶状数据表上流动着一道道光，不断相交、会合、散开，犹如色彩斑斓的江河，在黑色的大地上交错奔流。房间很暗，只有机器的嗡嗡声，若有似无，在人类听力极限处徘徊。洛米·索恩穿过房间，连续击键，拨弄着一个个开关，引导着光流。一点一点地，系统被慢慢唤醒。

"你在做什么？"阿丽丝·诺斯文德问。

"卡罗里让我把我们的系统跟飞船系统连接起来，"洛米·索恩一边工作一边回答，"他说罗伊德想查阅沃尔克尼人的数据。好的，我联通了。你知道这意味着什么吗？"随着动作，她的上衣发出细微的金属摩擦音。

外星科技学家阿丽丝·诺斯文德平板的五官一下子变得急切起来。"两个系统联到一起了！"

"没错。所以罗伊德能找出沃尔克尼人的资料，而我们也能找到罗伊德的。"她皱起眉头，"如果对夜行者的硬件设备再熟悉些就好了，不过我想我能摸索出门路。德布莱因为他的项目要到手的这套系统相当先进。"

"你能从阿瑞斯手里接管飞船吗？"外星科技学家兴奋地问。

"接管？"洛米不解地问，"阿丽丝，你又喝酒了？"

"不，我是认真的。用你的系统切入飞船控制系统，从阿瑞斯手中夺过控制权，取消他的指令，让夜行者号听我们的，由我们在这里操纵。如果飞船掌握在我们手里，难道你不觉得安全得多吗？"

"或许吧，"人机整合专家迟疑地说，"我可以试试。可为什么要那么做？"

"以防万一。我们用不着马上行使控制权，只要拥有这种能力就行，以应付紧急情况。"

人机整合专家耸耸肩："先是气态巨星，现在又是什么紧急情况……我只想弄清罗伊德是怎么回事，究竟是不是他杀害了拉萨莫。"她走到由六个一米见方的显示屏围着的控制台前，唤醒其中一个。人机整合专家漂亮的脸蛋变得严肃起来，她思索着，开始工作，修长的手指在无数全息按键中穿梭来去。随着她的动作，按键忽隐忽现，键盘的形状也不断改变，"我们进去了。"她说。一个屏幕上出现了鲜红的文字，在深色屏幕上翻滚闪烁。第二个屏幕上出现了夜行者的结构图，不断扩大、分割；随着洛米手指的敲击，飞船的球体变幻着大小和视角，底下的一排数字给出了详细介绍。人机整合专家看着，最终锁定文字。

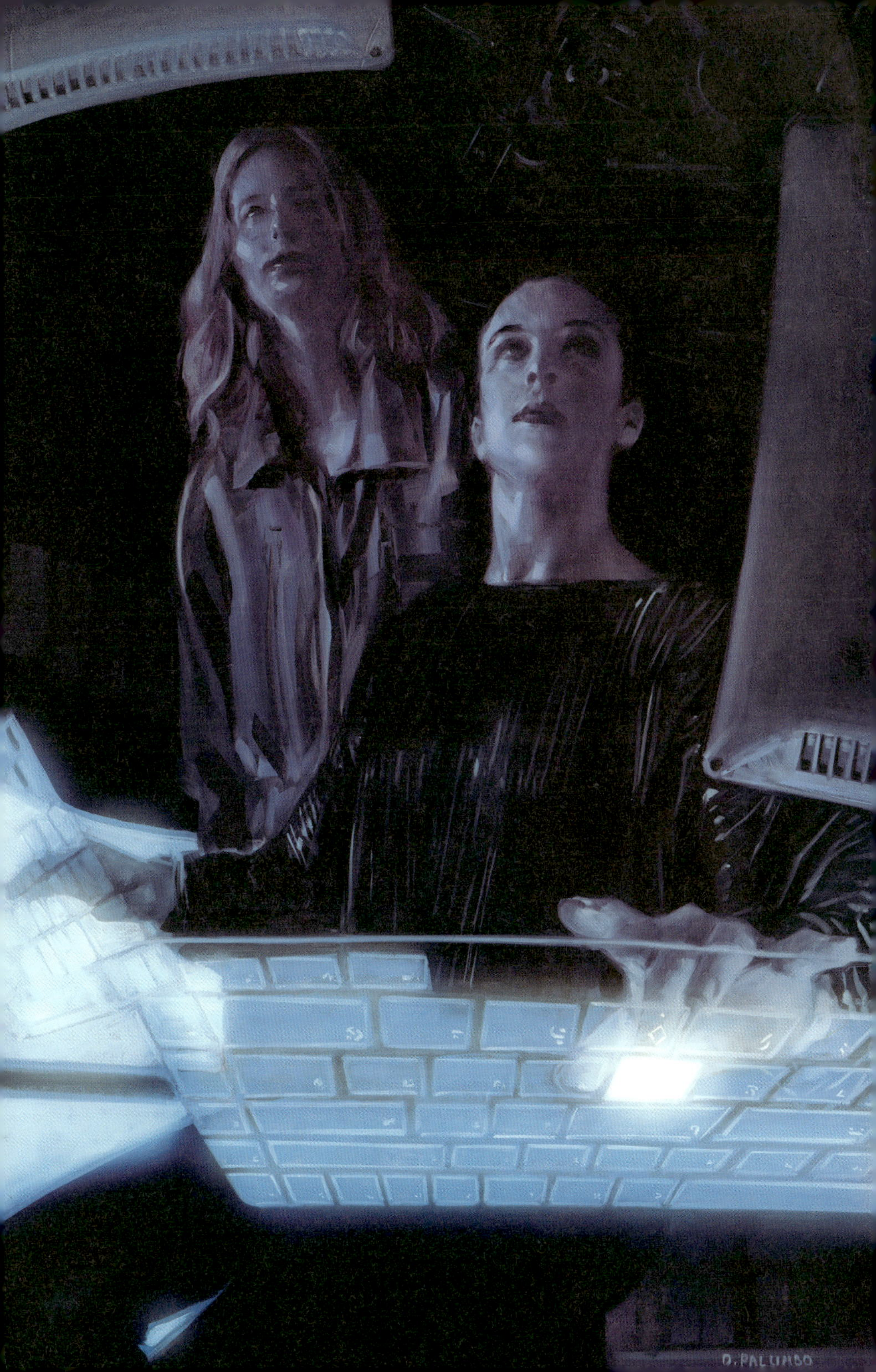
D.PALUMBO

"这儿,"她说,"关于硬件,这就是我找到的答案。别想控制飞船了,除非你那些气态巨星的朋友能来帮上一把。夜行者的系统比我们带来的任何一个系统都庞大得多,智能程度也高很多。你还是放弃这个想法吧。除了罗伊德,飞船上的一切都是自动控制的。"

她的手再次动起来,又有两个显示屏有了反应。洛米·索恩吹着口哨,低声嘟哝着鼓励她的搜索程序。"看来确实存在着这么一个罗伊德。如果这艘飞船是全自动,就不该是这种设置。该死,我还以为根本没有罗伊德,飞船……"文字又开始流动浮现,人机整合专家读着,"这里有个生命维持系统,或许能发现点什么。"她突然用手指一点,屏幕再次锁定。

"没什么特别的。"阿丽丝·诺斯文德失望地说。

"标准的排泄物处理系统,循环用水,食物制造,还有蛋白质和维生素储备装置。"她又吹起口哨,"大量瑞尼苔藓和尼奥草,以吸收二氧化碳,制造氧气。没有氮气和氨水,抱歉。"

"去你的,跟你的电脑鬼混去吧。"

人机整合专家笑起来。"你试过吗?"她的手指又移动起来,"我还应该找什么?这方面你在行,蛛丝马迹会出现在什么地方?给点建议。"

"检查一下培养容器、克隆工具什么的。"外星科技学家说,"这些东西会告诉我们他是不是在说谎。"

"我不知道,"洛米·索恩说,"也许那些东西他早扔了,对他毫无用处。"

"找找罗伊德的生平经历,"诺斯文德说,"还有他母亲的。看看他们都干过些什么，做过哪些买卖。他们一定有记录。账本、收支表、货舱发票，类似的东西。"她突然激动起来，从后面一把抓住人机整合专家的肩膀，"日志。航行日志！肯定有航行日志。找到它，赶快找到它！"

"好的。"洛米·索恩愉快地吹着口哨，轻松自如地用她的系统调用各种数据。片刻后，她前面的屏幕变成了明亮的红色，不停地闪烁。她笑着按下一个全息按键，键盘随之融化、重塑，变成了另一个。她又按下一个按键。又有三个屏幕变成红色，闪烁起来。她脸上的笑容退去了。

"怎么了？"

"安全系统。"洛米·索恩说，"马上搞定它。等着。"她再一次变换全息键盘，输入另一个搜索程序，还在它上面附了一个超驰程序，免得它被系统挡住。又一个屏幕变成红色。她让机器处理收集到的信息，同时运行另一个感应程序。更多屏幕变成红色，闪烁着，亮得刺痛眼睛。最后所有屏幕都变红了。"这个安全程序真棒。"她的口气里透着羡慕，"日志被保护得很好。"

阿丽丝咕哝着："我们被挡住了？"

"反应时间太慢。"洛米咬着下唇，苦苦思索，"有一个法子。"她笑起来，挽起袖口柔软的黑色金属。

"你干什么？"

"瞧着。"她把手臂伸到控制台下，找到插孔，接入。

"哈。"她低低地哼了一声，让自己的思维伸进夜行者的系统，绕过一个个封锁程序。一个接一个，不断闪烁的红色封锁信号从显示屏上消失,"没有什么比攻克另一个系统的安全程序更爽的了。就像攻克男人。"日志记录在她们面前闪过,快得阿丽丝无法看清。但洛米能以这种速度阅读。

突然间,她浑身一紧。"哦,"声音像啜泣,"好冷。"她说。她摇摇头,寒意退去,但耳边又响起了某种声音,一种可怕的呜呜声。"该死,"人机整合专家骂道,"所有人都会被吵醒的。"她感到阿丽丝双手抓住她的肩膀,掐得她生疼,于是抬头望去。

几乎没发出什么声音,一块灰色钢板封住了走廊入口,隔断了警报的呜呜声。"怎么回事?"洛米·索恩问。

"那是应急空气密封板。"阿丽丝·诺斯文德的声音充满绝望,她了解星际飞船,"在真空中装卸货物时,它就会被放下。"

她们的视线同时移向头顶,上面是巨大的弧形减压舱门。里层闸门完全打开了,外层闸门的密封板正嘎嘎作响。在她们的注视下,它滑开了半米,还在继续打开。舱门外是扭曲的虚空,强光灼烧着她们的眼睛。

"哦!"洛米·索恩说。一阵寒意向她袭来,她不再吹口哨了。

四处警报大作,乘客们骚动起来。梅兰莎·基尔从睡网上一跃而下,紧张不安,光着身体就向走廊冲去。卡罗里·德布莱因迷迷糊糊地坐起身。超感心理学家因为服了催眠药,仍在断断续续地梦呓。外星生物学家大声叫喊,让大家小心。

远处传来一阵金属撕裂的嘎嘎声,整个飞船剧烈摇晃。两个语言学家被甩出睡网,把梅兰莎摔倒在地。

夜行者号的控制区里有一个四面白墙的球形房间,里面还有个较小的球体,悬浮在房间中央。这是个悬浮式控制台。当飞船处于跃迁状态时,墙壁是不透明的,因为跃迁状态下扭曲闪耀的太空景象会让人无法承受。

但现在,房间变成了黑色,显示出外面的全息图景:冷冰冰的黑色,群星散布,发出冷寂、明亮、毫不闪烁的星光。上下之分消失了,毫无方向感。在这个模拟太空、一片黑暗的房间中,那个悬浮式球形控制台是唯一的特征。

夜行者号脱离了超时空跃迁。

梅兰莎·基尔总算站了起来,按下一个对讲机。警报器仍在高声鸣响,通话声几乎听不清。"船长,"她大喊道,"出什么事了?"

"我不知道,"罗伊德答道,"我在尽力找原因。等着。"

梅兰莎等着。卡罗里蹒跚地走进走廊,揉着不住眨巴的眼睛。他身后不远处是罗因。"怎么了?出了什么事?"他问。但梅兰莎只是摇头。琳德兰和丹尼尔稍后出现。没有马里基-布莱克、阿丽丝和洛米的影子。学者们不安地望着被密封的三号货舱。梅兰莎让罗因四处看看。几分钟后,他回来了。"马里基-布莱克还不清醒!"他提高音量试图压过警报声,"她能走动,但药力没退。她正乱哭乱叫。"

"阿丽丝和洛米呢?"

克里斯托夫耸耸肩:"找不到她们。问你的朋友罗伊德。"

警报终于停止,对讲机响了起来。"我们已经回到正常空间，"罗伊德说，"但飞船被破坏了。还在跃迁状态下的时候，三号货舱出了问题，就是你们的电脑机房。它被湍流撕开了。幸运的是，电脑自动带领我们退出了跃迁，否则跃迁中的力量会撕裂整条飞船。"

"罗伊德，"梅兰莎说，"诺斯文德和洛米失踪了。"

"看样子，货舱出问题的时候，你们的电脑系统正被人使用。"罗伊德小心翼翼地说，"我觉得她们没命了，但还无法确定。梅兰莎要求我关闭飞船的监视设备，只保留休息室的，所以我不知道发生了什么。但这艘飞船很小，卡罗里。如果她们没跟你一起，我们只能作最坏的推测。"他停顿片刻，"如果要找点安慰的话，她们死得很快，并不痛苦。"

"是你杀了她们，"克里斯托夫的脸涨得通红，怒气冲冲。他还想说下去，却被梅兰莎·基尔一把捂住了嘴。两个语言学家交换了一个意味深长的眼色。"事故是怎么发生的，你知道吗，船长？"梅兰莎问。

"知道。"他答道，但语气很勉强。

外星生物学家明白了梅兰莎的意思，她这才松开手，让他呼吸。梅兰莎催促道："罗伊德？"

"说起来，你们也许不相信，梅兰莎。"他解释，"你的同事像是打开了货舱的载货舱门。当然，我估计是无意中打开的。她们从自己的系统界面进入了夜行者的数据库和控制程序，并一路绕开了所有安全系统。"

"我明白了。"梅兰莎说，"可怕的悲剧。"

"是的，或许比你想象的更可怕。我现在必须分析飞船的损坏程度。"

"我们不耽搁你的工作了,船长。"梅兰莎说,"现在这种状态下也不适合讨论问题。去检测飞船的状况吧,我们换个时间再谈。好吗?"

"好的。"罗伊德回答。梅兰莎关掉了对讲机。现在,从理论上说,这个装置停止工作了,罗伊德听不见他们的讲话,当然更看不见他们。

"你相信他?"克里斯托夫厉声质问。

"我不知道。"梅兰莎·基尔说,"但我知道货船的其他三个舱室也可能像三号舱一样突然敞开。我准备把睡网搬到里面,我建议你们住在二号舱的人也这么做。"

"好主意,"女语言学家急切地点头,"挤在一起虽然不太舒服,但如果继续住在外面,我不认为我会睡得像以前那样安稳。"

"我们应该把四号货舱里的衣服也拿过来放在身边,"她的伴侣建议,"以防万一。"

"好的,"梅兰莎确认,"所有的闸门都能立刻打开,罗伊德没法责怪我们太过警惕。"她嘴角闪过一丝冷笑,"从今天起,我们有权草率行事。"

"现在不是你开这该死的玩笑的时候,梅兰莎,"克里斯托夫说,他仍然涨红着脸,恼怒的声音颤抖着,"已经死了三个人,而阿丽丝不是昏迷不醒就是精神失常。我们都处在危险之中——"

"我们还不清楚发生了什么。"她指出。

"罗伊德·阿瑞斯要杀死我们！"他叫嚷着，"我不知道他是谁，是什么东西，我也不知道他的身世故事是真是假——我也不想知道！管他是哈兰甘人还是沃尔克尼的复仇天使，就算是耶稣二世又怎样？这些他妈的有什么区别？他要杀死我们！"他挨个看着每个人，"我们中的任何一位都可能是下一个，"他补充道，"我们中的任何一位。除非……我们必须要计划，要做点什么，尽快停止这一切。"

"你知道，"梅兰莎语气温和，"没法确认我们的好船长是不是真的关掉了这里的监视系统。他可能正在监视我们，听着我们的谈话。当然他不会那么做。他告诉我他不会，而我相信他。但我们也只有他的保证而已。看来你并不信任罗伊德，那么他的保证你肯定也不会相信。如果是这样的话，你现在说这些话可是很不明智哟。"梅兰莎狡黠地一笑，"你懂我话里的意思吗？"

克里斯托夫的嘴开开合合，像极了一只丑陋的大鱼。他一言不发，眼神鬼鬼祟祟，满脸通红。

琳德兰浅浅一笑："我想他懂了。"

"我们带上来的电脑系统全没了。"卡罗里·德布莱因突然低声说。

梅兰莎看着他，"恐怕是的。"

德布莱因用指头理了理头发，好像对自己现在的邋遢样子有所察觉。"沃尔克尼人，"他喃喃自语，"没有电脑我们怎么工作。"他又点点头，"我房间里还有个手腕型的小电脑，说不定能派上点用场。它一定能派上用场，一定。我必须从罗伊德那儿找些数据,弄清楚我们是从哪里退出超时空跃迁的。对不起,我的朋友,抱歉,我必须走了。"他自言自语,拖着疲惫的步子踱进走廊。

"我们刚刚说的他一个字都没听进去。"丹尼尔怀疑地说。

"想想看,要是我们都死了,他得多郁闷啊,"琳德兰尖酸地说,"那就没人帮他找沃尔克尼人了。"

"随他去吧,"梅兰莎说,"也许他比我们更难过,只是表达方式不同而已。他故意装糊涂来掩饰自己。"

"啊,那我们又靠什么办法?"

"忍耐。"梅兰莎说,"那些死掉的人在临死前都试图解开罗伊德的秘密,而我们没那么做,所以现在还能坐在这里讨论他们的死因。"

"你不觉得很可疑吗?"琳德兰问。

"非常可疑,"梅兰莎·基尔回答,"我甚至想出了一个办法来检测我的怀疑是否有根据:我们中的人可以再去尝试找出船长的秘密。如果他或她不幸遇难,那我的怀疑就成立。"她耸耸肩,"很抱歉,那个人不是我。不过,如果你们仍旧保持着好奇心,我不会阻止。我反而会饶有兴趣地记录下发生的一切。好啦,我打算先搬出货舱,然后睡上一觉。"

她转身入步走开,剩下的人面面相觑。

"傲慢的婊子。"梅兰莎离开后,丹尼尔轻蔑地骂道。

"你觉得他能听到我们说话吗?"克里斯托夫悄声问两个语言学家。

"每个字都能。"琳德兰一边说,一边对他的狼狈相报以微

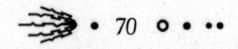

笑,"走,丹尼尔,我们回安全区睡一觉。"

他点点头。

"可是……"外星生物学家追问,"可是我们就不做些什么吗?比如计划一下怎么保护自己?"

琳德兰尖刻地看了他最后一眼,拉着丹尼尔走下走廊。

※

"梅兰莎?卡罗里?"

她立即被这低沉的声音唤醒,从狭窄的铺位上坐起身,彻底清醒过来。挤在她身旁的德布莱因轻轻呻吟,翻个身,打着哈欠。

"罗伊德?早上了吗?"她问。

"我们正在星际空间里漂流,距离最近的星球也有三光年,梅兰莎。"温和的声音从墙壁里传出,"这种情况下,早晨还有意义吗?不过,对,是早上了。"

梅兰莎笑起来:"你说漂流?情形有多糟?"

"很糟糕,但还不致命。三号货舱彻底毁坏,像个碎裂的金属蛋壳,从我的飞船剥离开。幸而损毁已得到了控制。跃迁系统完好无损,夜行者号的系统也没有因为你们的电脑被破坏而受影响。我曾担心它会受致命的创伤。"

德布莱因终于发出声音:"嗯?罗伊德?"

梅兰莎轻轻拍拍他:"我一会儿告诉你,卡罗里。"她转开头,"罗伊德,听你说起来似乎挺严重,还有吗?"

"我在担心返航的事，梅兰莎。"他道，"当我驾驶夜行者重启跃迁时，跃迁的涌流会直接作用在飞船的每个部分，它将无法承受。目前飞船的整体结构都已歪斜，我可以给你具体数据，但涌流的力量才是至关重要的问题。三号货舱的空气密封板相当关键。我做了许多模拟运算，但我仍然不能肯定它能否承受住压力。如果它爆裂开来，整个飞船将从中间断裂。引擎会自动关闭，然后……即使生命维持装置保存完好，我们还是会死得很快。"

"我明白了。我们能做些什么吗？"

"能。暴露出来的区域不难修复，坚固的外层机壳能经受住跃迁的巨大扭力，只要将它安放回原处就好。尽管简陋粗糙，但足够了。如果一切顺利，飞船的结构便能恢复平衡。听着，当减压舱打开时，大块机壳被撕开，不过并未飞远，它们飘浮在飞船周围一两千米处。我们可以把它们找回来。"

德布莱因已经清醒过来。"我带有四个真空飞橇，"听到这里，他说，"我们可以帮你找回机壳，我的朋友。"

"很好，卡罗里，但这不是我担心的首要问题。我的飞船在一定程度内可以自我修复，但若超出限度，我就得自己来干。"

"你？"德布莱因不解，"朋友，你说那个……你的肌肉，你的缺陷……这工作对你来说太繁重了。没问题，我们能替你干！"

罗伊德耐心回答："在重力状态下我的确是个废人，卡罗里，但失重的话，我就能发挥能力了。所以需要时，我会暂时

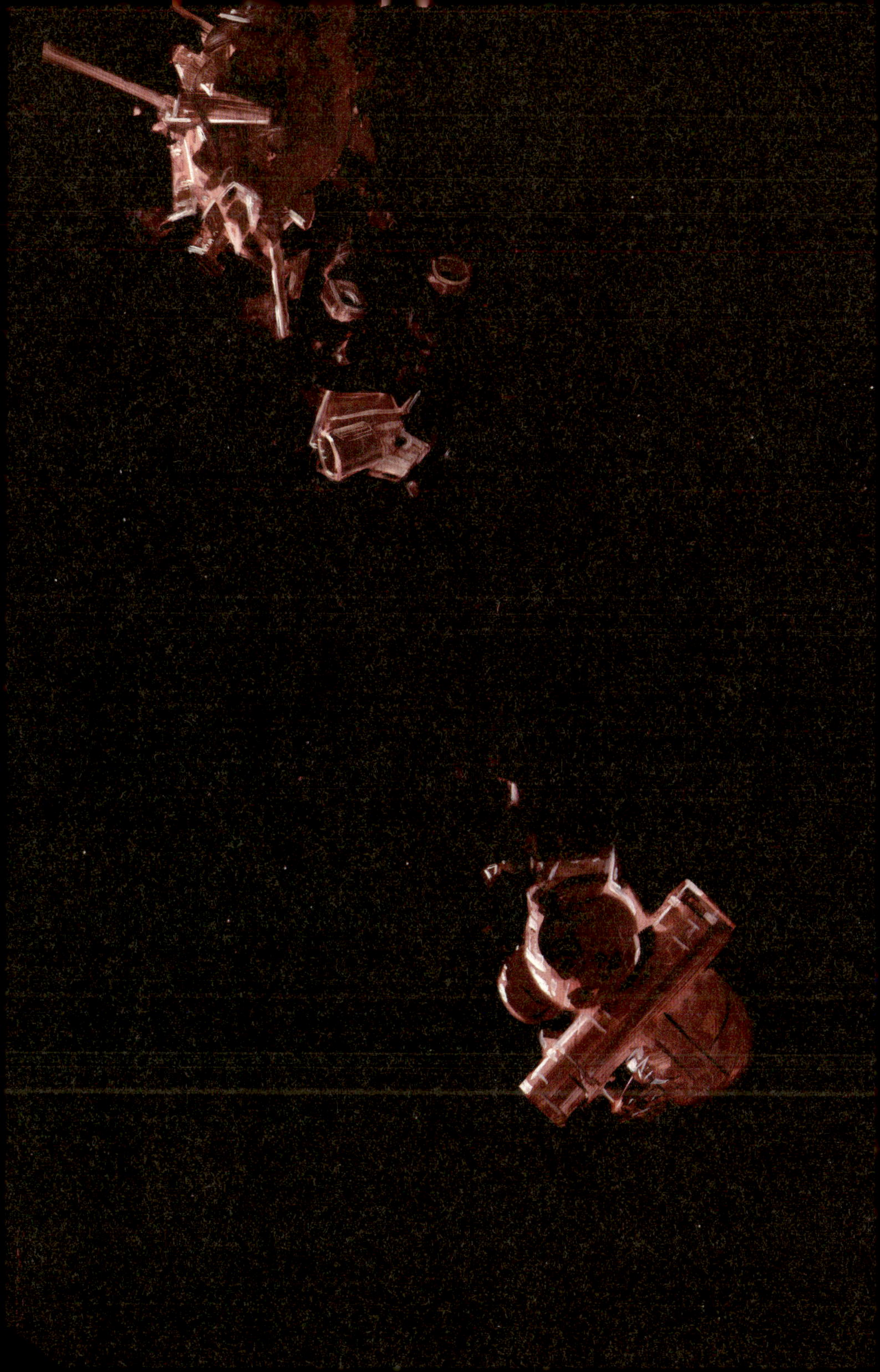

关掉重力系统,好让自己修复飞船。不,卡罗里,你误会我的意思了。我能胜任这项工作,我有工具,还有适合我身体的高功率飞橇。"

"我想我知道你在担心什么,船长。"梅兰莎说。

"我很高兴你这样讲,"罗伊德道,"那么也许你能回答我的问题:如果我从封闭的安全房间里出来工作,你能保证你的朋友们不杀我吗?"

卡罗里·德布莱因大吃一惊:"噢,罗伊德,罗伊德,你怎能这样想?我们是学者,是科学家,不是——不是士兵或者罪犯,不是——不是动物,我们是人,你怎会觉得我们有威胁呢?"

"人,"罗伊德重复,"对我而言就是异类。他们怀疑我,不信任我。别给我没用的保证,卡罗里。"

卡罗里感到愤怒,梅兰莎抓住他的手,稳住他的情绪。"罗伊德,"她说,"我不会骗你,你出来可能是有些危险。但我认为,你要是出来,其他人也会同时觉得非常安心,因为他们会发现你说的都是真的,你只不过是个人。"她微笑道,"他们会发现的,对吧?"

"是的,"罗伊德说,"但这样做真能打消他们的怀疑吗?他们不是认定我杀了你的三位朋友吗?"

"认定?不,不是认定。有些人这么猜测,有些人半信半疑。他们吓坏了,船长。我也吓坏了。"

"我比你们更害怕。"

"如果能弄清楚原因,我就不会那么惊恐了。你能告诉我吗?"

罗伊德没有回答。

"罗伊德,假如——"

"我犯了错误,梅兰莎,"罗伊德沉重地说,"但错误不光是我一个人的。我尽全力阻止他们给感应师注射埃斯帕隆,但我失败了。如果我能事先发现那两个人,听到她们的话,知道她们在做什么,也可以让她们免于遇难。但你让我关掉了监视器,梅兰莎。如果我又聋又瞎,便什么忙也帮不上。为什么?你不是快人三步吗,你预料到了这些后果吗?"

梅兰莎·基尔感到些许内疚,"是我的错,船长,我也该受责备。我记得,相信我,我记得。但如果你不知道游戏规则,很难做到快人三步。告诉我规则。"

"我又聋又瞎,"罗伊德没理睬她,"这很郁闷。如果我又聋又瞎,那就什么忙也帮不上。我要把监视设备打开,梅兰莎。如果你不允许,那我很抱歉。我希望得到你的允许,但无论如何,我都要这么做。我必须要能看见。"

"打开它们,"梅兰莎沉吟道,"是我错了,船长。我不该让你弄'瞎'自己。我不了解状况,高估了自己控制局面的能力。是我的失误。改良版总以为自己无所不能。"思维飞速转动,她为自己的错误痛心不已;她估计错误,领导失算,双手沾染上了更多鲜血,"我想我现在弄明白了。"

"明白什么?"卡罗里狐疑地问。

"你不明白,你根本不明白!"罗伊德厉声斥责,"别装作什么都懂,梅兰莎·基尔!别装了。领先别人太多,既不明智也不安全。"他的声音里隐约透出不安。

而梅兰莎没有忽略这点。

"怎么了?"卡罗里困惑不解,"梅兰莎,我不明白。"

"我也不明白,"她小心翼翼地说,"卡罗里,不明白……"她轻轻吻了下他,"我们都不明白,对吗?"

"很好。"罗伊德说。

她点点头,把手臂搭在卡罗里肩膀上,帮他打消疑虑。"罗伊德,"她说,"回到维修的话题上。看来不管我们给你什么承诺,你都必须亲自修复飞船。你不会冒险让它在目前这种情况下进入跃迁;要不就只有让它继续在星际空间漂流,直到我们全部死去。你别无选择。"

"我有选择,"罗伊德语气极度严肃,"我可以将你们全部杀死——如果那是挽救我和飞船的唯一办法。"

"你可以试试。"梅兰莎说。

"咱们别说什么死不死的了。"德布莱因打断他们的谈话。

"你说得对,卡罗里。"罗伊德道,"我不想伤害你们中任何一人,但我必须保护自己。"

"你会的,"梅兰莎说,"卡罗里可以让其他人去找机壳碎片,我则寸步不离你身边,保护你,任何人想要对付你,首先得过我这一关。我还能协助你,工作进度定会加快三倍。"

罗伊德礼貌地回答:"依我的经验,所有在有重力的星球长大的人在失重状态下都是笨手笨脚的。如果我独自工作,效率会高很多。当然,我很荣幸地接受你担任我的保镖。"

"我想提醒你,船长,我可是改良版。"梅兰莎反驳,"在失重状态下的表现跟床上一样好。我能帮你。"

"你真固执。那随便你吧,我马上关闭重力系统,卡罗里,让你的人做好准备,穿好宇航服,取下飞橇。三小时以后,当我从重力状态带来的疼痛中恢复,我就会离开夜行者号。到时候我希望所有的人都已离开飞船。明白吗?"

"好的,"卡罗里说,"但阿格莎除外。她神志不清,朋友,她不会威胁到你。"

"不,"罗伊德说,"所有人,包括阿格莎。把她带出来。"

"罗伊德!"德布莱因还想争辩。

"你是船长,"梅兰莎口气坚定,"你说了算。我们都会出去,包括阿格莎。"

❋

外面,群星组成的天幕仿佛被巨兽咬了一口。

梅兰莎·基尔站在飞橇上,靠着夜行者号,看着群星。太空深处四周的景象都大同小异,星星泛着冰冷的光泽,没有闪烁,毫无生气。为各个星系带来光明的闪烁恒星此刻却显得死寂呆滞,这里甚至连基本路标都没有,意味着他们被夹在星系之间:一个人类永远不会驻足,留给沃尔克尼飞船驶过的地方。她试图找出阿瓦隆的太阳,却无从下手。周围的一切对她来说异常陌生,令她完全丧失了方向感,身前,身后,头顶,到处都是无限延伸的星系。她朝脚下,朝飞橇和夜行者号下方望去,却没见到意料中的陌生群星,那里黑乎乎的,像巨兽的嘴巴。

梅兰莎感到眩晕,她正悬在无底深渊之上,那深渊犹如宇宙中的一道巨大裂口,其中暗无星辰。

一片虚空。

她想起来,那是腾普特星尘——其实就是一团黑气,星河的尘埃阻挡了外域的光线。若当它近在眼前,还是会巨大得让人恐惧。一种下坠之感铺天盖地袭来,她急忙移开视线。

那是深谷,矗立在她和泛着银白光芒的、脆弱的夜行者号下面,仿佛随时都能将它们吞噬。

梅兰莎触动飞橇把手上的控制钮,掉转方向,好让星尘位于她旁边,而非下面。这样好多了,她可以将精力集中到夜行者号上,暂时忘却远处隐约的黑色巨墙。夜行者号才是她现在最关心的东西,它笨拙但却明亮,三个小型的蛋状体并排在一起,两个较大的圆球分别位于下方以及右上角,由长管连接。其中的一个蛋状体已经粉碎,飞船看起来失去了平衡。

她看到其他飞橇在黑暗中穿行,收集丢失的"蛋壳",并将它们带回飞船。像往常一样,两个语言学家一起工作,共同驾驶一艘飞橇。罗因·克里斯托夫单独行动,一言不发,闷闷不乐,梅兰莎威胁动用武力才勉强让他加入。外星生物学家肯定这是个阴谋,等他们出来,夜行者号就会进入跃迁,把大家留下等死。他喝了很多,疑神疑鬼,梅兰莎和卡罗里最终强迫他穿上宇航服时,他仍然满口酒气。卡罗里的飞橇上搭载着一个安静的乘客:阿格莎·马里基-布莱克,她刚刚用完药,在他们帮她穿上的宇航服中沉睡,被安全地绑在飞橇上。

同事们忙碌时，梅兰莎·基尔在等待罗伊德·阿瑞斯。她通过通讯器不时跟其他人搭话。两个语言学家不适应失重状态，不停地抱怨，为鸡毛蒜皮的小事斗嘴。卡罗里尽力安慰他们。克里斯托夫话很少，只偶尔丢出一两句辛辣刺耳的讽刺。他还在生气。此刻，他正从梅兰莎视线中掠过，穿着黑色紧身宇航服，笔直僵硬地站在飞橇上。

　　终于，夜行者号球形控制中心上方的弧形闸门打开，罗伊德·阿瑞斯出现了。

　　梅兰莎好奇地注视着他走近，脑子里不断闪过他可能的样子，连续出现了六七幅景象。他那一口文绉绉的上流社会口音，让她想起家乡普罗米修斯上那些深色皮肤的贵族，那些以摆弄人类基因、玩弄巴洛克装饰为消遣的基因巫师；有时他天真得又让她觉得他是个未经世事的少年，然而，虽然他的幻影瘦削而年轻，但本人想必已经很老了。可在交谈时，梅兰莎却丝毫感觉不到对方是个老年人。

　　随着他的靠近，梅兰莎越来越紧张。他的飞橇和宇航服都与他们不同，令人不安。异类，她心想，他是个异类，但又瞬间打消了这个念头。这些不同不能说明任何问题。罗伊德的飞橇确实比其他人大，构造也有差异——椭圆形的长板，从底部伸出八只爪钩，像极了一只机械蜘蛛，操纵台下竖着一台大功率激光切割机，切割机的头部危险地前伸。他的宇航服也很怪异，比学院提供的都要大，肩胛之间有个突起，估计是能量装置，肩膀和头盔上方还有质地轻薄的发光飞翼。这让他看起来笨重驼背，甚至有点畸形。

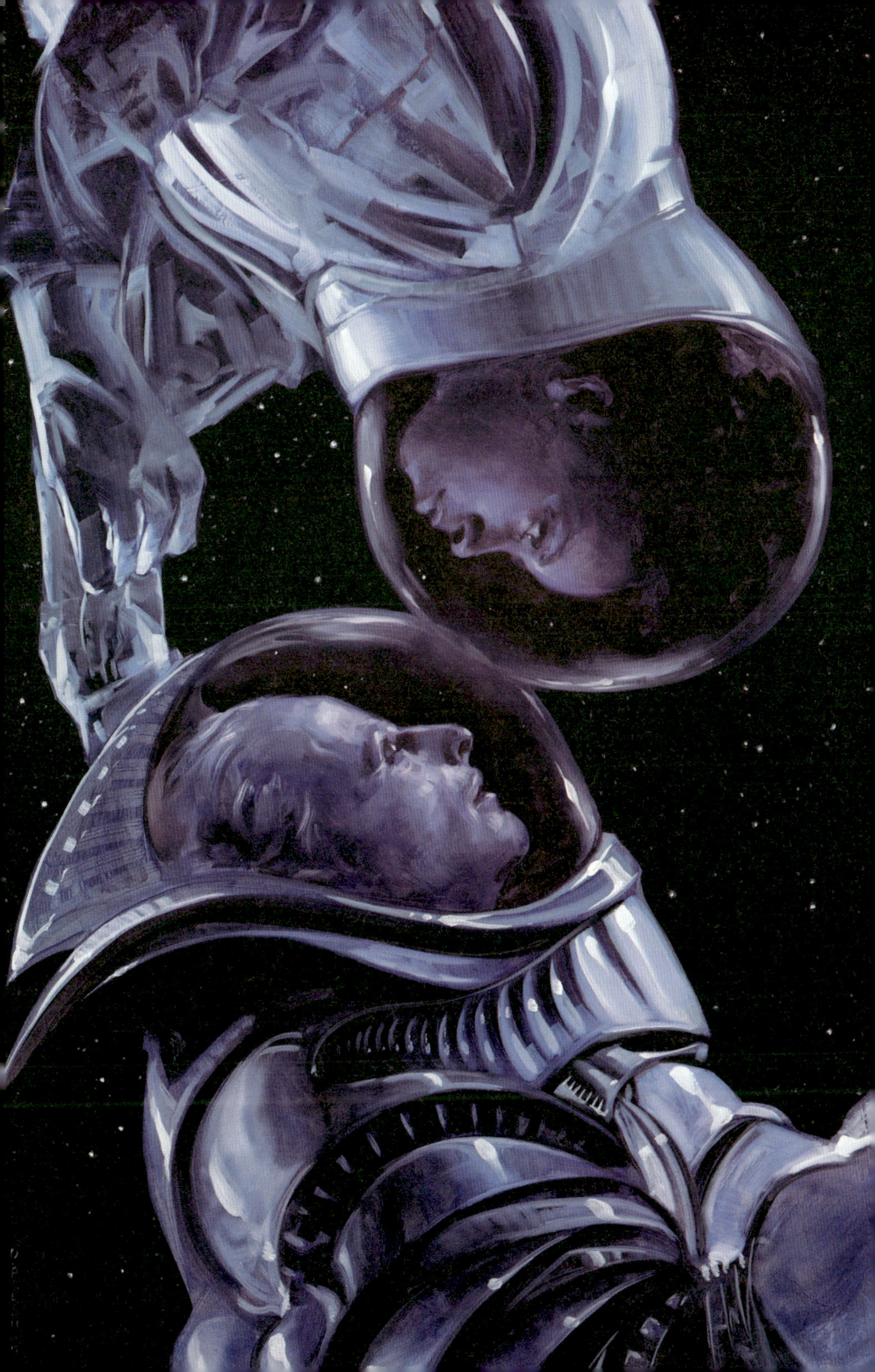

他逐渐靠近，梅兰莎看清了他的脸，一张普普通通的脸。

白，惨白——就是这张脸留给梅兰莎的主要印象。一头白发剪得极短，银色短须围绕在尖下巴周围。淡得看不见的眉毛下面是转个不停的蓝眼睛——那双又大又鲜活的眼睛是他脸上唯一吸引人的部位。他的皮肤苍白，没有皱纹，几乎看不到岁月的痕迹。

她觉得他很疲惫，或许还有点惊恐。

罗伊德在她附近停住飞橇，进入已是一片废墟的三号货舱，检查破损程度。废墟中曾是鲜血、碎肉、玻璃、金属以及塑料的各种碎片，经过燃烧、熔化，最后冻在了一起，现在已难以分辨。"我们有大量工作要做，"他说，"开始吧？"

"我们先谈谈。"她答道。她将飞橇开得更近些，想接近他，但被真空飞橇的宽板隔开，两人间仍隔着一段距离。梅兰莎退后一些，然后完全翻转过来，这样就能头脚倒置接近罗伊德了。她再次靠近他，将飞橇停在他的正上方（也许是正下方）。他们伸出手，互相轻触了一下，又分开，梅兰莎接着调整高度，他们的宇航帽面罩碰在了一起。

"我触到你了，"罗伊德的声音颤抖，"我之前没碰过任何人，也从没被触摸过。"

"哦，可怜的罗伊德。这并不是真正的触摸。宇航服挡着我们。但我会触摸你，真真正正地触摸你。我发誓。"

"不可能，你做不到。"

"我会找到办法的，"她坚定地说，"现在关掉你的通讯器。声音可以通过头盔传递。"

他眨巴眼睛，用舌头关掉嘴边的通讯器。

"现在我们可以交谈了，"她说，"私下交谈。"

"我不喜欢这样，梅兰莎，"他说，"这太显眼了，很危险。"

"没有其他办法，"她说，"罗伊德，我明白了。"

"是，"他没有惊讶，"我知道你明白了。你总是快三步，梅兰莎，我还记得你下棋的样子。但这是一场致命的游戏，如果你假装无知，或许会更安全。"

"好的，船长。至少还有些事我不敢肯定，能谈谈么？"

"不，不要。照我说的做就好。你现在正处于极度危险之中，你们所有人都是。我可以保护你。你知道得越少，我越能更好地保护你。"隔着透明面罩，他表情严肃。

她望进他下垂的眼睛："也许还有第二个船员，有人住在你的房间，但现在我看见了你，我不相信是那样。不，不是你，是你的飞船，对吗？你的飞船想杀死我们，船长……当然，我的猜测未免过于荒诞。但你操纵着夜行者号，它怎能独自行动？这又是为什么？出于什么目的？它是怎么谋杀特尔·拉萨莫的？杀死阿丽丝和洛米，那很容易，但运用超感应力谋杀特尔·拉萨莫？一艘拥有超感应力的飞船？我无法接受。不可能是飞船干的，但究竟是什么？给我些指点吧，船长。"

他眨巴眼睛，隐藏着痛苦："我不该接受卡罗里的委托，我不知道你们中有心灵感应师，这太冒险了。但我确实想看看沃尔克尼飞船，他把它们描述得如此动人。"他叹口气，"你已经知道得太多了，梅兰莎。我不能再多说，否则便无法保护你。你只需知道飞船出了故障,其他别再追问。只要一切还在我掌控之中,你和你的同事就不太危险。相信我。"

"信任是相互的。"梅兰莎口气坚定。

罗伊德抬起胳膊将她推开,用舌头重新开启通讯器。"闲话少说,"他轻快地道,"我们开始修复工作。来吧,让我看看改良版有多棒。"

梅兰莎在头盔里轻轻咒骂了两句。

※

罗因·克里斯托夫不耐烦地踩动飞橇的金属磁力踏板,驶回夜行者号。他一直远远注视着罗伊德·阿瑞斯,从他驾着巨大的工作飞橇出现,到梅兰莎·基尔接近他,再到她翻转飞橇让两人面对面。克里斯托夫听到了他们之间的温言软语,听到梅兰莎发誓要触摸他,阿瑞斯,这个异类,这个杀人凶手。他勉强按捺住内心的怒火。之后他们切断了通讯,切断了跟其他所有人的通讯,中断了对外的"广播"。而梅兰莎仍倒立悬浮着,在那个穿怪异宇航服的怪人之上,两个人的面罩紧贴,简直像情侣接吻。

克里斯托夫驶到梅兰莎和罗伊德近前,解开找来的机壳碎块,让它向他们飘去。"在这儿,"他宣布,"我去找其他的。"他用舌头关掉通讯器,开始咒骂,他的飞橇绕着夜行者号的球体和管道飞行。

梅兰莎跟罗伊德之间有问题,说不定老德布莱因也参加了,他酸溜溜地想。他觉得从一开始梅兰莎就在刻意保护罗伊德,破坏大家的联合行动,隐瞒真相,阻止他揭开罗伊德的身世之谜。他不信任她。想起自己还曾和梅兰莎相拥上床,不禁浑身直起鸡皮疙瘩。不管她和阿瑞斯是什么关系,他们都是一丘之貉。可怜的阿丽丝已经死了,还有愚蠢的洛米和该死的心灵感应师,但梅兰莎仍旧和他在一起,和他们作对。半醉半醒的罗因·克里斯托夫感到深深的恐惧和愤怒。

其他人已经离开他的视线,去寻找四散的机壳碎片。罗伊德跟梅兰莎正注视着对方。飞船里空无一人,毫无防御。这对他来说可谓天赐良机。难怪阿瑞斯坚持让他们先一步离开飞船。没有夜行者号的保护,他只是个普通人,一个虚弱的普通人。

外星生物学家露出一丝冷笑,驾驶飞橇绕过货舱球体,躲开人们的视线,消失在动力舱大张的"咽喉"处。那是一个长长的通道,所有设备都暴露在真空中,以防被气体腐蚀破坏。像大多数星际飞船一样,夜行者号有三套动力系统:起落时用到的重力场,当脱离重力区域后就没用处了;核能引擎用于在恒星系内部飞行;还有巨大的超时空跃迁器。他穿过核能光环,飞橇尾部的光线掠过关闭的超时空跃迁装置,洒下长长的明亮阴影——那个柱状的巨大引擎表面布满金属和晶体制成的网格,它能够扭曲时空。

通道尽头有扇巨大的环状门,由加固金属制成,紧紧关闭:主减压舱。克里斯托夫停下飞橇,费力地把脚从飞橇磁力踏板上挪开,走进减压舱。他觉得这应该是最难的部分,特

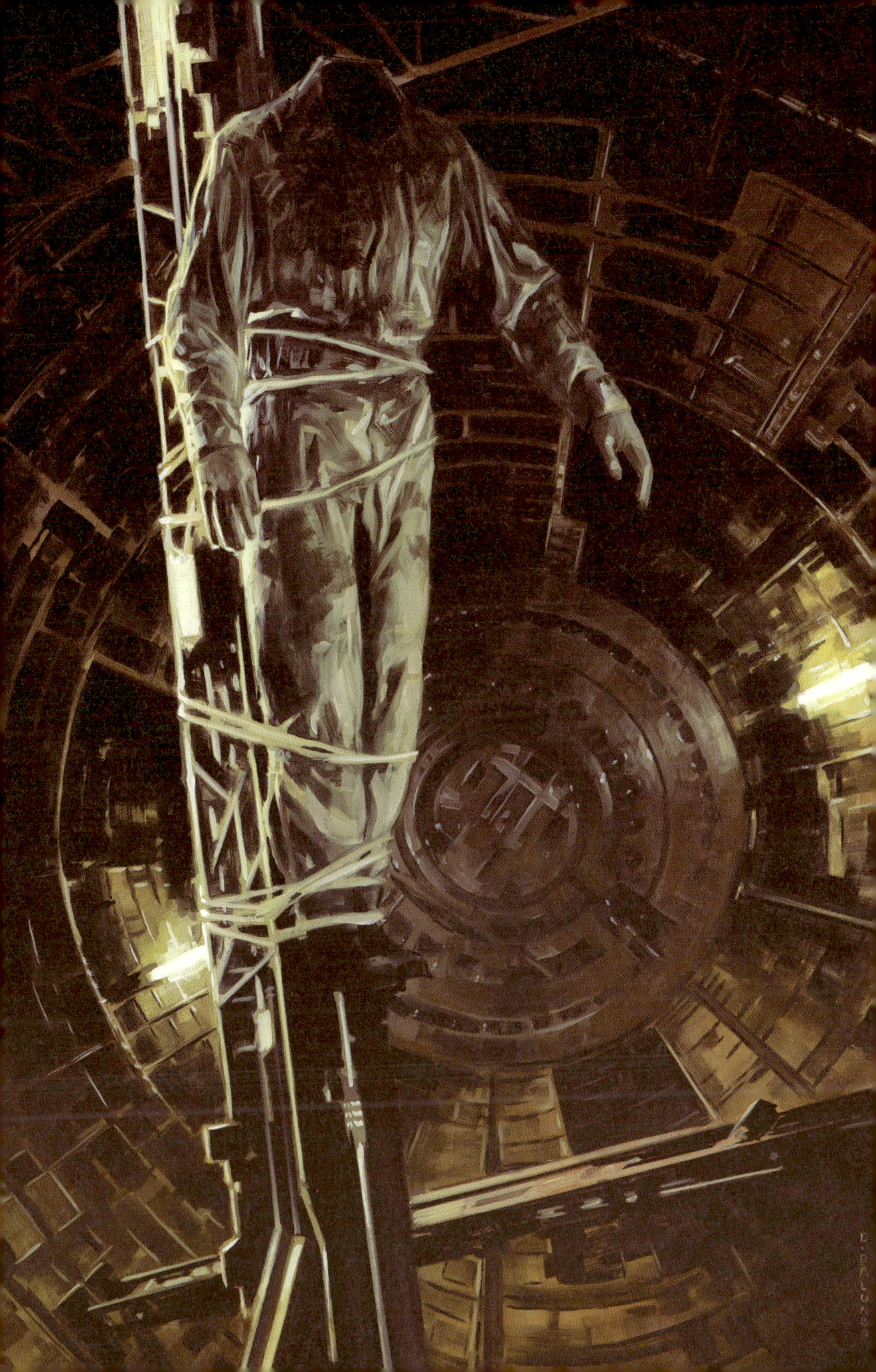
D. PALUMBO

尔·拉萨莫无头的尸体松松地系在一个巨大的圆柱上，宛如恐怖的守门人。等待闸门转动期间，外星生物学家不得不盯着这具无头尸。他每每移开视线，过了一会儿，眼神又会不自觉地回到尸体上。尸体看起来是那么自然，好像它天生就不曾有过脑袋。克里斯托夫努力回想拉萨莫的样子，却发现自己做不到，只能不安地挪动着。终于，他欣喜地发现闸门打开了，便赶紧进入飞船。

夜行者号里，他孤身一人。

出于谨慎的天性，他没脱宇航服，不过松了头盔，再将金属制的上衣翻转过来，犹如帽子挂在背后，但需要时他可以迅速将其复位。在储存设备的四号货舱中，外星生物学家找到了想要的东西，一个充好电的便携式激光切割器。虽然威力不大，但足够了。

他在失重状态下缓慢笨拙地行进，穿过走廊，来到黑暗的休息室。

里边很冷，脸颊暴露在冰冷的空气中，他尽量不去在意。他扶住门，用力一推，身体飘过被牢牢固定于地板的家具，穿越房间。在这过程当中，他觉得脸上碰到了某些冰冷潮湿的东西，不由得吓了一跳。可还没等他弄清楚，那东西已经不见了。

当那东西再次出现时，克里斯托夫伸手将它抓住，然后突然一阵恶心。他忘了，休息室还没清扫。碎屑还在！血液、碎肉、骨渣和脑浆就在他四周，静静飘浮。

他到达远处的墙壁，用双臂稳住，然后向下移动。防水层。墙壁。他找不到入口，好在金属墙不厚，过去就是控制室，电脑接口，安全系统，动力装置。罗因·克里斯托夫不认为自己是个报复心强的人，他不想伤害罗伊德·阿瑞斯，那种决定不该由他来做。他只想控制夜行者号，给阿瑞斯一点颜色瞧瞧，好让他老老实实地待在自己的宇航服里。他想带着全体成员返航，不再追寻什么神秘的沃尔克尼人，不再有死亡。回到阿瓦隆，学院的仲裁者将倾听他们的经历，审问阿瑞斯，查清事情真相，将凶手绳之以法。

激光切割器射出一道铅笔粗细的红光。克里斯托夫微笑着把它射到防水层上。慢工出细活，他有的是耐心。他之前那么安静，他们不会想起他。就算他们发现他不见了，也一定会以为他飞去"打捞"某块机壳。阿瑞斯的维修要花几小时，甚至几天。切割机明亮的刀锋碰到金属，呼呼冒烟。他加紧工作。

有东西移动到他视线外侧，仅仅是个小光点，若隐若现。又一块飘浮的大脑碎屑，他心想，或是一截碎骨，一片还沾着毛发的带血碎肉。恐怖的东西，但没什么好担心的。他是生物学家，早已习惯了血液、脑浆和肉块，以及比这些更可怕的事物；他解剖过很多外星人，在甲壳和黏液之间切割，散发恶臭的、蠕动的食物囊，有毒的骨刺，他全都见过，全都摸过。

那东西又一动，牵引了他的视线。他不能不看。克里斯托夫控制不住自己，就像刚才在减压舱门口无法忽视那具无头尸一样。他看过去。

那是只眼睛。

克里斯托夫忍不住战栗起来，手中切割机射出的激光也划

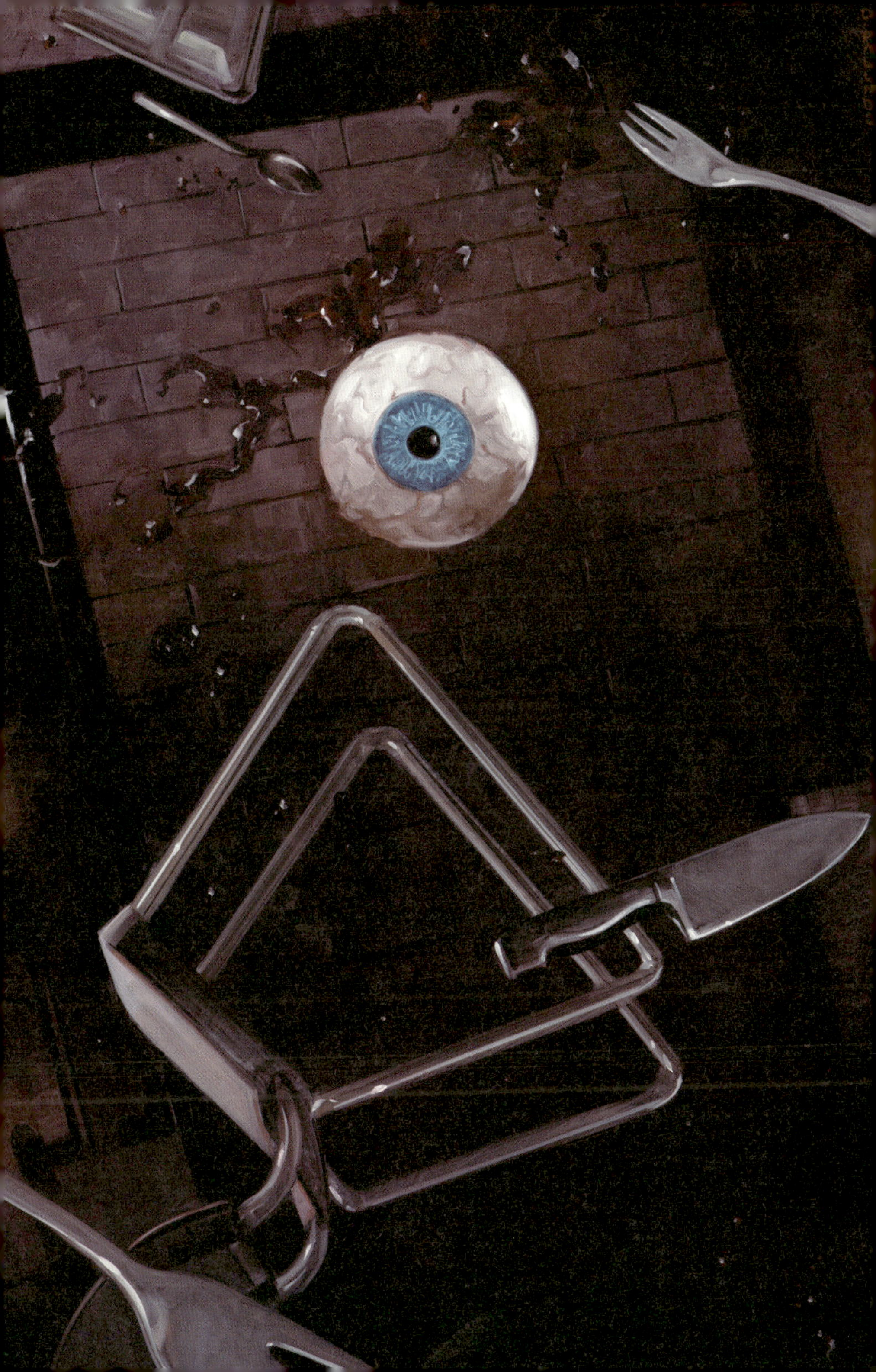

向一边,他不得不费劲地将它重新调整好,对准之前的角度。他的心突突直跳。他尽力保持平静,没什么好怕的,这里没人,就算罗伊德回来,呃,他也可以拿切割机做武器。就算减压舱爆开,他还有宇航服。

他再次望向那只眼睛,企图驱除内心的恐惧。不过是只眼睛罢了,特尔·拉萨莫的眼睛,血迹斑斑但完好无损,跟生前一样,水汪汪的蓝眼睛,没什么怪异之处,这只是飘浮在休息室的若干尸体碎片中的一块而已。应该有人负责休息室,克里斯托夫气恼地想,让它就这样乱糟糟的太不妥当,真是缺乏教养的行为。

这只眼睛一动不动。那些恐怖的碎块随着气流在房间里缓慢飘浮,唯独这只眼睛,既不摇晃也不旋转。它盯着他,死死盯着他。

他暗自咒骂,把注意力集中在切割器上,继续工作。他已经在防水层上割出差不多一米长的竖向裂缝,然后开始向右切割。

那只眼睛还在冷冷地盯着他。克里斯托夫突然觉得无法忍受。他的一只手松开切割机,伸出去抓住那只眼睛,将它扔向房间对面。这个动作让他失去了平衡。他踉跄着向后倒去,切割机从手中滑落。他不停地拍动胳膊,像只笨重的大鸟。终于,他抓住桌子一角,稳住身体。

切割机悬浮在房间中央,在咖啡杯和人体的残骸中飘浮,红色射线依旧闪烁,慢慢旋转。真荒谬,没人操纵的切割机应该自动关闭,定是件伪劣产品,克里斯托夫紧张地想。它仍在慢慢旋转,地毯被射出一条细线,冒起了烟。

恐惧袭上心头,克里斯托夫发现那束激光正转向他。

他双手用力一推桌子,身体向反方向飞去,飞向天花板。

激光的旋转突然加快。

他赶紧又推开天花板,砰地撞到墙上,痛苦地哼哼。接着他用脚一蹬,又向地板弹去。激光的旋转越来越快,追逐着他。克里斯托夫再一次蹬起来,抓住天花板,准备下一次弹跳。那束激光仍在旋转,但反应不够快。

应该在激光朝向另一个方向时抓住它。

他靠近切割机,伸出手,看到了那只眼睛。

它就浮在切割机上方,盯着他。

罗因·克里斯托夫喉咙里发出低低的悲咽,他伸出的手迟疑了一下——只是一下,但已足够——那束血色的光线转了回来。

轻轻地,不经意地扫过他的脖子。

✳

大家想起他已是一个多小时以后。卡罗里·德布莱因首先发现他不见了,赶紧用通讯器联系,但没有回应。于是他询问其他人。

罗伊德·阿瑞斯驾驶飞橇从刚刚加固的外层机壳那边驶来。透过面罩,梅兰莎·基尔看到他的嘴唇僵硬,眼神警觉。

就在这时,一阵尖叫声传来。

尖叫声中夹杂着痛苦与恐惧，接着变成哀鸣和呜咽。可怕的、湿漉漉的声音，犹如一个人被他自己的血哽住了喉咙。所有人都听到了，这声音通过通讯器传到他们的宇航头盔中。在一片绝望的声响中，似乎有个清晰的声音在叫喊："救命。"

"是克里斯托夫。"一个女人的声音响起，是琳德兰。

"他受伤了，"丹尼尔接着道，"他在呼救，你们听不到吗？"

"他在哪儿——"有人问。

"在飞船上，"琳德兰回答，"他一定是回到飞船里了。"

罗伊德·阿瑞斯说："这个傻瓜。不，我警告过你们——"

"我们得进去看看。"琳德兰不予理睬。丹尼尔扔掉他们拖来的外壳碎片，碎片旋转着飞开。他们驾着飞橇向夜行者号驶去。

"停下！"罗伊德大声制止，"如果你们愿意，我现在就回去检查。但你们不能进去，你们都待在外面等我的信号。"

可怕的声音不断回响，不断回响。

"见鬼去吧！"琳德兰通过通讯器冲他嚷道。

卡罗里·德布莱因也匆忙开着飞橇跟在两个语言学家身后，但因为距离较远，他要花更长时间才能开回夜行者号。"罗伊德，你是什么意思？我们必须帮助他，你不明白吗？他受伤了，请听听吧，我的朋友。"

"不，"罗伊德制止他，"卡罗里，停下！如果罗因是单独返回飞船，他肯定早就死了。"

"你怎么知道？"丹尼尔问，"是不是你安排好的？为防我们下手而设置的防卫陷阱？"

"不，"罗伊德重复，"听我说，你们没法救他。只有我能，可他不听我的话。相信我，赶快停下。"他的话音里满是绝望。

远处，德布莱因减慢了速度，语言学家却继续前行。"我们他妈的已经听你扯得太多太多了。"琳德兰愤愤地说。传进他们头盔里的呜咽撕心裂肺，还有那湿漉漉的吸气声和断断续续的求救，她不得不扯着嗓子喊，"梅兰莎，"痛苦充斥了每个人的听觉，"让阿瑞斯待在原地。我们进去弄清到底发生了什么，我们会很小心。但是我不想让他返回飞船进行控制。明白吗？"

梅兰莎·基尔犹豫了。那恐怖的呜咽不断撞击着她的耳膜，让她无法思考。

罗伊德将自己的飞橇翻转，跟她面对面。她感觉到了他目光中的分量。"让他们停下，"他强调，"梅兰莎，卡罗里，快下命令。他们不听我的。他们根本不清楚自己在做什么。"他显然很痛苦。

看着他的表情，梅兰莎做出了决定："罗伊德，赶快回飞船，做你能做的一切。我会尽力阻止他们。"

"你到底站在哪边？"琳德兰质问。

隔着面罩，他冲她点头，但梅兰莎已经开始行动。她驾驶飞橇退出满是船壳碎片和其他杂物的工作区域，然后陡然加速，绕过夜行者号外围向动力舱驶去。

即便如此，还是太迟了。两个语言学家已经快到飞船了，速度比她快很多。

"别过去!"她大声命令,"克里斯托夫已经死了。"

"原来是他的鬼魂在呼救。"琳德兰回答,"他们摆弄你的基因的时候,一定弄坏了听觉神经,婊子。"

"飞船里不安全!"

"婊子。"这是她得到的唯一回复。

卡罗里也在驾着飞橇苦苦追赶:"朋友们,请你们赶快停下。我请求你们。我们一起来想想办法。"

回答他的只有那无休止的呜咽。

"我是你们的队长,"他继续道,"我命令你们在外边等候。你们听到没有?我以人类知识研究学院的名义命令你们。求你们了,朋友们,听我的话吧。"

梅兰莎无助地看着琳德兰和丹尼尔消失在通往飞船动力舱的长长通道里。

片刻之后,她将飞橇停在黑暗的通道口。那口子仿若一张等待她的大嘴。她犹豫着要不要一起进去,或许能在闸门开启之前制止他们。

罗伊德沙哑的嗓音突然响起,跟悲鸣掺杂,回答了她心中的疑问:"待在那儿,梅兰莎。不要再追了。"

她看看身后,罗伊德正驾着飞橇赶来。

"你干什么呢!"她命令,"罗伊德,从你专用的闸门走,你必须回到飞船。"

"梅兰莎,"他声音平静,"我无能为力。飞船现在不听我的,闸门不会开启。可以手动开启的闸门只有通向动力舱的那扇。总之，我也被困在外面了，而且在我重新控制它之前，我不想让你跟卡罗里进入飞船。"

梅兰莎·基尔看着动力舱昏暗的通道，两个语言学家就是从这里进入飞船的。

"那怎么办——"

"求他们回来，梅兰莎，请求他们回来。如果他们听你的，可能还来得及。"

她又尝试呼唤，卡罗里·德布莱因也加入进来。他们的呼喊跟痛苦的呻吟混杂在一起，不停回荡。但无论丹尼尔还是琳德兰都不予理睬。

"他们关掉了通讯器，"梅兰莎愤愤地说，"他们不想听我们说话，也可能是……不想听那呜咽声。"

罗伊德和卡罗里同时赶到她身边。"我不明白，"卡罗里说，"为什么你进不去，罗伊德？到底发生了什么？"

"很简单，卡罗里，"罗伊德无奈地回答，"我只能待在外边，直到——直到——"

"什么？"梅兰莎催促。

"——直到我母亲把他们干掉。"

※

两个语言学家将自己的飞橇与克里斯托夫的停放在一起，急匆匆地穿过减压舱闸门，连那个无头的看门尸体都没看上一眼。

进去后他们停了一会儿,取下头盔。"我还是能听见他的声音。"丹尼尔说。声音隐约从飞船深处传来。

琳德兰点点头。"从休息室传来的,咱们快点。"

他们蹬着地板一路飘行,不到一分钟就穿越了走廊。声音越来越大,越来越近。"他在里边。"琳德兰说。他们已经来到休息室门口。

"是的,"丹尼尔道,"但里边只有他吗?我们需要找件武器。要是……要是罗伊德撒谎,如果这船上还有其他人,我们得自卫。"

琳德兰已经等不及了。"我们是两个人,"她催促,"快点!"她冲入休息室,开始呼唤克里斯托夫的名字。

房间里很黑,唯一的光亮来自走廊,从门缝里微弱地透入,她的眼睛过了好一会儿才适应。一切都很混乱。墙、地面和天花板看起来毫无差别,她完全丧失了方向感。"罗因,"她在眩晕中叫喊,"你在哪儿?"休息室看起来空空荡荡,也许是光亮的缘故,也许是她自己太紧张。

"跟着声音找。"丹尼尔建议。他站在门口,谨慎地观察,确定没什么问题后,这才顺着墙缓缓地摸索进来。

像是回应他的意见,呜咽声突然变大。但声源似乎飘忽不定。

琳德兰急不可耐地穿过房间,开始搜索。她擦过厨房区的墙壁,突然想到了武器,想到了丹尼尔的恐惧。她知道厨具放在什么地方。"这儿,"不一会儿,她欣喜地叫道,"这儿,我找到把刀,你总该放心了吧。"说着,她挥动刀子,朝一个如她拳头般大小的飘浮血泡刺去。旋转的血泡炸裂成无数小血滴。其中一滴贴着她的脸颊飞过,她一尝,血的滋味。

但拉萨莫死了很久,他的血应该干了,她想。

"哦,仁慈的主啊!"丹尼尔的声音因惊恐而颤抖。

"怎么了?"琳德兰询问,"你找到他了?"

丹尼尔跌跌撞撞地转身,像个大甲虫似的顺着墙壁向门口爬去。"离开这儿,琳德兰,"他大声警告,"快!"

"为什么?"她不由自主地颤抖起来,"出了什么事?"

"那尖叫声,"他说,"墙,琳德兰,墙,声音。"

"你在说些什么?"她大喝道,"慌什么慌!"

他的声音含混不清:"你没发现吗?声音是从墙那边传来的!是对讲机。假的,模拟的。"他好不容易来到门边,一跃而出,大声喘气。他全然不顾自己的伴侣,用手一次次疯狂地推着墙壁,脚则在身后不停蹬踩,顺着走廊飞速逃开。

琳德兰把位置调整好,想跟着一起出去。

声音从她面前传来,门的方向。"救我,"是罗因·克里斯托夫的声音。她又听到哀鸣和那可怕的湿漉漉的哽咽声,不由得停住了。

旁边又传来临死前挣扎的喘息声。"啊啊啊,"这声音似乎在跟面前的哀鸣竞争,"救我。"

"救我,救我,救我。"克里斯托夫的声音又从身后的黑暗中传来。

咳嗽和微弱的呻吟在她脚下响起。

"救我,"所有的声音如同合唱,"救我,救我,救我。"这

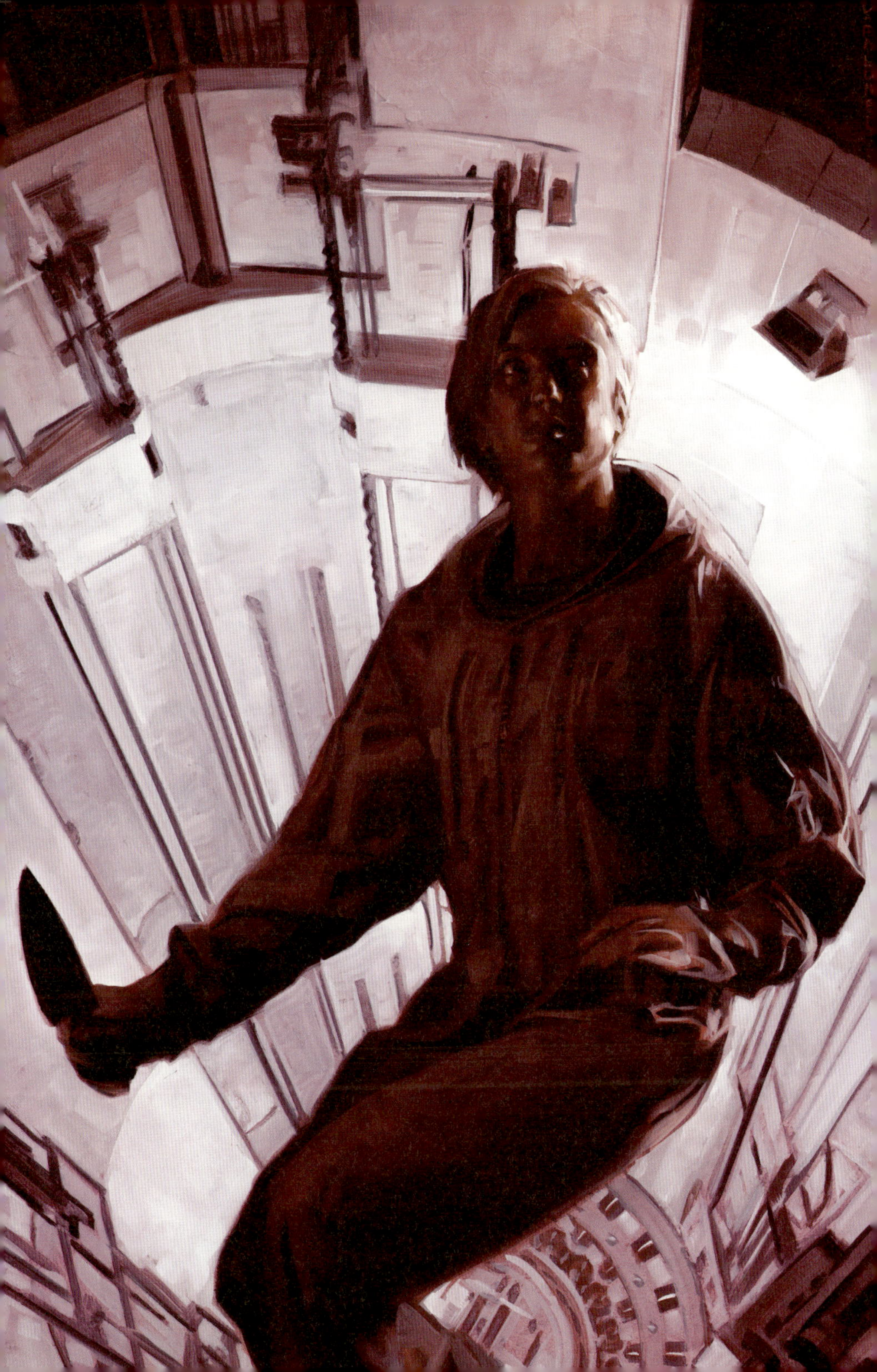

是录音，她明白了，不断回放的录音。"救我，救我，救我，救我。"所有的声音都越来越大，越来越高亢，变成了尖叫，随后化为湿漉漉的哽咽声，化为混浊的呼吸和喘气，化作死亡之音。

所有声音都停止了，就像……就像被突然关掉一样。

琳德兰双脚不断蹬踏，向门口飞去，手里还握着那把刀。

有个黑乎乎的东西从餐桌下爬出来，挡住了去路。借着透进来的灯光，她终于看清楚了：是罗因·克里斯托夫，仍穿着真空宇航服，只是头盔被摘了下来。他手里拿着什么东西，正慢慢举起来对准她。切割器，琳德兰发现，那是激光切割器。

她不由自主地径直朝他移动过去。她拼命挣扎，想让自己停下来，但身体不听使唤。

靠近后，她看到了他脖子上那道长长的黑暗裂口，犹如第二张嘴巴，血肉模糊的嘴巴，正朝她狰狞地大笑。湿黏的血液从那张嘴里缓慢地滴出来，飘浮在空中。

丹尼尔极度惊恐，在走廊上横冲乱撞，身体碰到墙壁和地板，多处瘀青。惊慌和失重让他异常笨拙。他边逃边回头张望，希望琳德兰跟上来，同时又害怕看到什么恐怖景象。每次的回望，都会让他失衡摔上一跤。

花了很久很久的时间，减压舱的闸门才打开。等待时，他全身打战，狂奔的脉搏慢了下来。身后的声音逐渐变小，并没有追击的迹象。他努力让自己恢复镇静。等走进减压舱，闸门将他和休息室隔开，他才觉得安全。

他开始感到如此惊慌失措真是莫名其妙。

他开始感到羞愧,因为他抛下她独自跑掉了。为什么呢?是什么让他如此恐惧?一个空空的休息室?对讲机里传出的噪声?一时间,他找不到合适的理由来解释恐惧。这只说明可怜的克里斯托夫还活着,待在飞船的某个角落,用通讯器传达着他的痛苦。

男语言学家沮丧地摇摇头。他知道自己的耳根再也无法清净了,女语言学家会不停唠叨这件事,好让他一辈子也忘不了。至少,他应该回休息室向她道歉,也许能补偿些过错。于是他坚决地伸手拉住闸门上的环状把手,反转了回去。门外刚被阻隔的空气又噗噗地渗进来。

内层门缓缓打开,莫名其妙的恐惧又向他袭来。他突然想到,会不会从休息室里溜出来什么可怕的东西,此刻正在夜行者号的走廊上等着他。丹尼尔竭力跟恐惧搏斗,渐渐感到胆子大了起来。

迈出减压舱,琳德兰正等着他。在她平静得有些怪异的表情里,看不到一丝一毫愤怒或鄙夷的迹象。他朝她走去,想找些理由求得原谅:"我不知道我怎么——"

带着几分疲惫与优雅,她的手从背后缓缓伸出,握着那把刀。刀光向上一闪,划出一道致命的弧线。他终于发现她的宇航服被烧穿了一个洞,还在冒烟,那是心脏的位置。

※

"你母亲?"梅兰莎·基尔难以置信。他们待在飞船外的虚空中，束手无策。

"我们说什么她都能听到，"罗伊德回答，"不过这已经没意义了。罗因肯定做了什么蠢事，威胁到了她。现在她打算把你们全干掉。"

"她？她？你是什么意思？"德布莱因迷惑不解，"罗伊德，你母亲还活着？可你说她在你出生之前就死了。"

"她死了，卡罗里，"罗伊德道，"我没骗你。"

"我觉得你没撒谎，"梅兰莎说，"但也没把事情的全部真相告诉我们。"

罗伊德点点头："我母亲已经死了，但她的——她的精神还活着，并且还控制着我的夜行者号。"他叹口气，"说是她的夜行者号更合适。我的力量发挥到最大限度也不及她一分。"

"罗伊德，"德布莱因道，"世上没有鬼魂。这是虚构的。人死之后什么都没了。瞧，我的沃尔克尼传说可比什么鬼魂真实得多。"他的声音里带点轻微的责怪。

"我也不相信鬼魂。"梅兰莎·基尔坦率地说。

"随便你们怎么叫它都好。"罗伊德说，"称呼无所谓，重要的是事实。我的母亲，或者说我母亲的一部分，居住在夜行者号里，她会杀了你们，就像以前干掉其他人一样。"

"罗伊德，我听不懂你的话。"德布莱因困惑不解。

"安静，卡罗里，听船长解释。"

"好的。"罗伊德接着说，"你们知道，夜行者号是一艘非常——非常先进的飞船。它能自动控制，很大程度上还能自我修复，这是我母亲的初衷，只有这样才能摆脱机组人员。你们也许还记得，它是在新荷尔姆建成的。虽然我没去过那儿，但我知道新荷尔姆的技术相当先进。我猜阿瓦隆根本无法复制这样的飞船，没几个地方造得出来。"

"船长，问题出在哪儿？"

"问题——问题是它的电脑系统，梅兰莎。它们无与伦比。真的，对此我深信不疑。晶体矩阵构成的中央控制器，激光网格数据处理器，遍布全船每个细部的感觉延伸体系，还有其他的——特性。"

"你是说夜行者号具有人工智能？就像洛米·索恩一直怀疑的那样？"

"她错了，"罗伊德说，"我的船没有人工智能，至少不是你们所理解的那样。但有些接近。我母亲将她的个人意愿设计到系统里。她把自己的记忆、欲求、癖好、她的爱……和恨，全都输入了中控晶体。这就是她让电脑来培育我的原因，你们明白吗？在她看来，由电脑培养我跟她自己干是一样的，而且比她自己更有耐心。在其他方面她也做了同样的设计。"

"你不能重设程序吗，我的朋友？"卡罗里问。

罗伊德绝望地说："我试过，卡罗里。但在电脑方面我不拿手，这些程序也太复杂，系统太先进。我至少三次尝试清除她的意志，每次她都能恢复。她是个幽灵程序，难觅踪迹，来去自如。就像鬼魂，明白吗？她的记忆和个性跟飞船的控制程序紧密结合在一起。要想对付她，就必须破坏中控晶体，抹除整个系统，但那样一来，我就会完全处于无助的状态。我不懂复杂的编程，若是电脑系统毁坏，飞船也会失控。跃迁装置，生命供给系统，所有的一切，全完了。我不得不离开夜行者，而那样做等于自杀。"

"你早该告诉我们，我的朋友。"卡罗里·德布莱因说，"在阿瓦隆，我们有很多人机整合专家，对编程相当精通。我们或许能做些什么，给你提供专业帮助。洛米·索恩说不定就可以帮你。"

"卡罗里，我早就找专家帮过忙了。我曾两次把人机整合专家请上飞船。第一个对我说了我刚才跟你们说的同一番话，即只能彻底破坏整个系统；第二个专家曾在新荷尔姆学习过，她觉得自己能帮我，最后却被我母亲杀害了。"

"你还漏掉了一些事。"梅兰莎指出，"那个系统鬼魂可以随意开关减压舱，制造出之前的事故。但第一个遇难的心灵感应师呢？他的死你怎么解释？"

"那件事，应该说罪魁祸首是我。"罗伊德回答，"孤独的生活状态让我犯了个大错误。我自以为能保护你们，即使你们当中有个心灵感应师。我以前的确安全地搭载过一些乘客，但其间我得频繁地监视他们，警告他们不要做危险的事情。如果我母亲想出来行凶，我便直接从控制室抵抗她。这办法通常很有效，但也有不管用的时候。在你们之前，我母亲只杀过五个人。前三个是在我很小的时候——我就是通过那些事才了解她的，了解到她仍旧存在于这艘船上。那群受害人里就有个心灵感应师。

"我早该知道，卡罗里，我对生活的渴望注定会害死你们。我高估了自己的能力，也低估了她对于暴露的恐惧。受到威胁时,她会全力反击,而拥有心灵感应能力的人对她来说永远是个威胁。他们能感觉到她,这你们知道。他们告诉我感觉到一个邪恶、模糊的存在:冷酷,毫无人性,充满敌意。"

"对,"卡罗里·德布莱因承认,"对,特尔就是这么说的。异于人类的异类,他十分肯定。"

"毫无疑问,在和有机体头脑打惯了交道的心灵感应师看来,她的思维显得十分陌生,不同于人类,我也说不太清楚—— 一段存于晶体中的复合记忆,一个相互交织的程序网,一团电路与精神的融合。是的,我能理解他们为什么觉得她是异类。"

"但你还是没说清楚,一个电脑程序怎会让人脑袋炸开。"梅兰莎追问。

"答案就挂在你胸口,梅兰莎。"

"我的呢喃宝石?"她疑惑地说。在她的宇航服和其他衣服底下,有颗冰冷的东西,隐约的激情让她颤抖。仿佛被罗伊德这一提,宝石又恢复了活力。

"在你说起你的呢喃宝石之前,我对这东西并不熟悉,"罗伊德说,"但原理相同。超感知蚀刻,你说过,心灵力量可以被贮存。瞧,夜行者号电脑系统的核心就是共鸣晶体,它的体积比你的宝石大许多倍。我想,我母亲在死前将她的感受全刻进去了。"

"只有具备超感应能力的人才能蚀刻呢喃宝石。"梅兰莎说。

"你为什么不问我母亲将感受刻下来的原因呢,卡罗里?"

罗伊德说,"你也没有,梅兰莎。你们从没问过为什么我母亲痛恨人类。其实,她天赋异禀。要是生在阿瓦隆,或许会通过检验,经受训练,然后成为所谓的一级感应师,被赋予崇高的荣誉。她的能力将得到赞美和奖赏,或许会变得非常出名。说实话,她的力量也许比那些一级感应师更强大,但好像直到死去的时候,这份力量才终于彻底觉醒,甚至与飞船紧密连接了起来……

"问题在于,她没有出生在阿瓦隆。在沃斯,她出生的世界,她的能力被看作是一种诅咒,陌生而又恐怖。他们想治愈她,用药物,用电击,甚至用催眠术。每当她想使用自己的能力,就会受到狠狠的惩罚。同时,他们也采用表面比较温和,但实质一样狠毒的疗方。最终,她没有丧失能力,只是不能有效地运用它,不能以自己的意识去控制它。这力量在她体内,被压制着,漂流着,让她觉得既耻辱又痛苦,性格也随之变得乖僻残暴。五年的系统治疗,几乎让她崩溃。难怪她这么痛恨人类。"

"那她的力量是什么?意念感应?"

"不。哦,那也许是她的潜能之一。书上说,所有的超能力者除了表露在外的特征,还拥有其他潜能。我母亲无法感知思想,但她能感受他人的情感,可经过治疗的摧残,这种能力已经被扭曲——她感受到的情感片段总让她心烦意乱。不过,她最最重要的能力,他们花了五年时间去粉碎根除的能力,是意念遥控。"

梅兰莎咒骂了声:"难怪她那么痛恨重力!意念遥控在失

重状态下——"

"是的。"罗伊德续道,"让夜行者处于重力状态对我来说是种折磨,但可以限制我母亲。"

大家陷入了沉默,每个人都看着动力舱的黑暗通道。卡罗里·德布莱因在飞橇上笨拙地挪动着。"丹尼尔和琳德兰没回来。"

"或许已经死了。"罗伊德语气冰冷。

"我们该做什么,罗伊德,我的朋友?我们必须干点什么,不能一直这么等待下去。"

"首要的问题是我能做什么。"罗伊德·阿瑞斯回答,"我把实情都说了。你们知道,我之前说过,无知会让你们更安全,但现在事态已经超出了控制。死了太多人,也有了太多目击者。我母亲不会让你们活着返回阿瓦隆。"

"啊,是的,"梅兰莎道,"那她会怎么对付你呢?她已经不相信你了,对吧,船长?"

"这正是问题的关键所在。"罗伊德不得不承认,"梅兰莎,你还是比常人快三步。但我怀疑这不够。你的对手在比赛中快四步,而你的卒子们几乎全完了。恐怕你快被将军了。"

"如果我能说服对手的老王弃垒逃跑呢?"

罗伊德朝她无力地笑着:"如果我跟你们站在同一边,她大概也会把我干掉。她并不需要我。"

卡罗里·德布莱因听得一头雾水:"但——但是你还能做其他——"

"我的飞橇上有个激光器,而你们没有。我现在就可以杀掉你们两个,然后祈求夜行者饶我一命。"

梅兰莎跟罗伊德的飞橇相距仅有三米,两人目光相接。她的手随意搭在控制杆上。"你可以试试,船长。但请记住,改良版不是那么容易被干掉的。"

"我不会杀你,梅兰莎·基尔。"罗伊德表情严肃,"我已经活了六十八个标准年,却从没真正生活过。我累了,而你给了我很多美丽的谎言。你真的会触摸我吗?"

"我会。"

"为了那一触,我可要冒很大风险。但从某种程度上说,也不能称之为危险。如果行动失败,我们就会一起死;如果夜行者号被摧毁,我还是得死。与其像个废人一样躺在太空医院,我宁愿现在去死。"

"我们会给你造一艘新飞船,船长。"梅兰莎许诺。

"骗子。"罗伊德回答,但语调明显有些欢欣,"没关系。我反正时日不多。死亡吓不倒我。如果我们赢了,卡罗里,你得再给我说说沃尔克尼人的事。还有你,梅兰莎,你得继续跟我下棋,想个办法触摸我,还有……"

"还有跟你做爱?"她笑着帮他说完。

"如果你愿意的话。"他轻声道,然后耸耸肩,"好吧,我母亲早已听到了我们的谈话。毫无疑问她还会仔细窃听我们的每一步计划,所以,不用费心商量了。现在我操纵不了自动闸门,它跟飞船的电脑系统直接连在一起,我们只有沿着你的同事们的路线,从动力舱走,穿过手动闸门,然后见机行事。如果我能到达操纵台,恢复重力,也许我们——"

他的话被一阵低沉的呻吟打断。

梅兰莎以为又是夜行者为引诱他们发出的悲鸣，正奇怪它怎会愚蠢到故伎重施。呻吟声再度响起，它来自卡罗里·德布莱因飞橇的后部，被大家遗忘的第四位幸存者正在努力挣脱绳索。德布莱因连忙松开她。阿格莎·马里基－布莱克想站起来，却差点跌出飞橇，幸好德布莱因抓住她的手，将她拉了回来。

"你还好吧？"他问道，"能听见我说话么？还疼不疼？"

隔着透明面罩，她惊恐地睁大了眼睛，边眨巴着边将视线迅速扫过卡罗里、梅兰莎和罗伊德，接着移向受损的夜行者号。梅兰莎怀疑这个女人是不是已经疯了，正想提醒德布莱因小心，马里基－布莱克却突然开口说话："沃尔克尼人，沃尔克尼人，哦，哦，沃尔克尼人！"自始至终她都重复着这一句。

在飞船动力舱口，环状的核能引擎发出微弱的光亮。梅兰莎·基尔听到罗伊德猛吸一口气。她赶忙拉动飞橇操纵杆，"快！"她高喊，"飞船要启动了！"

在通向动力舱的长长通道中走到三分之一处时，罗伊德赶了上来，和她并肩行进，身上宽大的黑色宇航服犹如铠甲。他们一起驶过柱状的超时空跃迁装置及其晶体网络，前方隐约泛光的，就是±减压舱和门口那恐怖的无头哨兵。

"到达减压舱门口时，你跳到我飞橇上来。"罗伊德说，"我需要这身装备，减压舱容不下两副飞橇。"

梅兰莎·基尔飞快地向身后扫了一眼，"卡罗里！"她呼喊道，"你在哪儿？"

"我在外边,亲爱的,我的朋友,"卡罗里的声音传来,"我不能跟你们一起进去。原谅我。"

"我们必须待在一起!"

"不,"德布莱因答道,"不行,我不能。如此接近了,现在不能放弃,不能无功而返,梅兰莎。我不在乎死亡,但我一定要先看看它们。我等待了这么多年,一定要先看看它们。"他的声音异常平静坚定。

"我母亲即将启动飞船,"罗伊德插话,"卡罗里,你不明白吗?你会被落下的。"

"我必须等,"卡罗里回答,"我的沃尔克尼人就要来了,我要在这里等他们。"

没时间多说了,减压舱就在眼前。两人将飞橇减速,停住。罗伊德·阿瑞斯开始转动闸门开关,梅兰莎则跳上他的巨大飞橇。外层闸门打开后,他们钻了进去。

"一旦内层闸门打开,我们就得加倍小心。"罗伊德平静地对她说,"虽然大部分耐用设备是固定住的,或焊接或铆接,但你们带上船的东西没有。我母亲会拿它们当武器。还有,警惕各种门、减压舱、任何跟飞船电脑连接的仪器。需要我提醒你别脱宇航服吗?"

"不必。"她回答。

罗伊德稍微降下飞橇,飞橇的触手和减压舱地板摩擦,发出尖厉的声音。

内层闸门吱吱地打开,罗伊德紧紧抓住飞橇控制杆。

门的另一侧,丹尼尔和琳德兰在一片血雾中游动,等待着他们。丹尼尔从胯部到喉咙全被划开，内脏在缓缓蠕动，犹如一团苍白而愤怒的蛇。琳德兰手里仍然握着刀。他们以生前不曾有的优雅，缓缓地游过来。

罗伊德升起飞檝的前部触手，将他们甩开。男的像个台球一样撞在防水层上，留下一大块湿乎乎的印记，更多内脏滑落出来。刀子从女人手里脱落。罗伊德加速越过他们，迎着血雾，沿走廊径直向上驶去。

"我监视后面。"梅兰莎说着转身与罗伊德背靠背。两具尸体已经顺利地被他们抛到后面。那把刀子则无奈地在空中飘浮。就在梅兰莎想告诉罗伊德一切正常之时，刀锋似乎被一股看不见的力量控制住，突然转向，朝他们直追过来。

"掉转方向！"她大喊。

飞檝猛地转向一边，刀子从旁边划过，偏出一米，"当啷"一声撞在防水层上。

但它并没往下掉，而是跟着扭头。

休息室就在前方，漆黑一片。

"门太窄了，"罗伊德说，"我们只能丢下——"话音未落，他们便撞了上去；飞檝结结实实地撞进门框，两人都跌落下来。

梅兰莎在走廊上笨拙地飘浮了好一会儿，头晕目眩，竭力保持平衡。刀子趁机刺来，划破了宇航服，刺入肩膀，直至骨头。她感到一阵剧痛，温暖的鲜血喷涌而出。"该死。"她尖声骂道。沾满鲜血的刀子再次飞来。她猛一伸手，抓住了它。接着，她用力哼了一声，把刀子从那股无形力量之中夺下。

罗伊德已重新将飞橇控制住，好像在做什么准备。远处，昏暗的休息室里，一个似人非人的阴影飘入视线。

"罗伊德！"她大声警告。但那个东西已经打开切割器。铅笔粗细的激光束直指罗伊德的胸口。罗伊德予以还击。飞橇发出的高能量激光束光彩夺目，瞬间便将克里斯托夫的武器化为灰烬，连同他的右臂和半边胸腔一起烧掉了。激光脉冲悬在空中，灼烧着远处的防水层，浓烟滚滚。罗伊德做了些许调整，他在切洞。"五分钟之内就能进去。"他话语简短，头也不抬。

"你还好吧？"梅兰莎问。

"没事，"他答道，"我这件宇航服的防护性比你们的强很多，而他的激光器只是个低能量的小玩具。"

梅兰莎将注意力转回到走廊上。

两个语言学家正朝她移动过来，从走廊两侧同时袭击。她绷紧全身肌肉，受伤的肩膀顿时阵阵刺痛，令她尖叫出声，但与此同时，肾上腺素的刺激也让她精神抖擞。"那两具尸体又跟过来了，"她告诉罗伊德，"我去干掉他们。"

"这明智吗？"他问，"他们可是两个。"

"我是改良版，"梅兰莎道，"他们不过是两具尸体。"她猛蹬飞橇，划出一道优雅的弧线，高速向丹尼尔飞去。他伸出双手阻挡。她将他们挥开，并顺手抓住一只胳膊反折过来，"咔嚓"一声，骨头断了，接着她将刀子深深插进他的咽喉，但她突然意识到割喉对死人来说根本没用。只见血液从脖子里缓缓涌出，化成一团血雾，但他仍在不停击打她，牙齿"啪哒啪哒"地咬合，模样极其丑陋。

梅兰莎收起刀子，一把抓住尸体，用尽全身力气将他扔过走廊。尸体跌跌撞撞，疯狂旋转，消失在他自己撒出的血雾中。

梅兰莎又向反方向飞去，边飞边慢慢转身。

琳德兰的双手突然从背后伸出。

指甲在她的面罩上胡乱抓挠，直到十指流血，留下道道血痕。

梅兰莎转身面对攻击者，抓住一只不断挥动的胳膊，将女尸扔向走廊，摔到她挣扎着的同伴身上。反作用力令梅兰莎像陀螺一样转个不停。她伸开双臂，好容易才停住，深呼吸后，只觉天旋地转。

"我打通了。"罗伊德叫道。

她转身望去，休息室的一面墙壁已被切出个一平方米左右的开口，还在冒烟。罗伊德关掉激光，抓住两边门框，将自己推向洞口。

一阵剧烈的爆炸声钻入她脑海，她痛苦得直不起身，马上用舌头关掉嘴边的通讯器。世界安静了。

休息室里飞物如雨。餐具、玻璃杯、盘子、碎尸，都在疯狂乱舞，砸向罗伊德的宇航服。好在那身宇航服厚如盔甲，他并没有受伤。梅兰莎急着想跟上，却无望地退回来。这阵死亡之雨能轻易把梅兰莎的身体连同她单薄的宇航服撕成碎片。罗伊德到达了远处的墙壁，飞进飞船的秘密控制室，留下梅兰莎孤身在外。

夜行者号倾斜着，突然加速，惯性把她甩到一边，受伤的肩膀撞在飞檐上,疼得厉害。

走廊上上下下所有的门都打开了。

丹尼尔和琳德兰又一次向她移来。

※

夜行者号发动核能引擎,成了远处闪烁的恒星。无边的黑暗与寒冷笼罩着他们,下面是空旷无垠的腾普特星尘。但卡罗里·德布莱因并不害怕,他感到一种奇异的变化。

死寂的空间灵动起来。

"他们来了,"他低声说,"连我这种没有意念感应力的人都知道。克雷超感人的传说是真的,几光年外都能感觉到他们。太神奇了!"

阿格莎·马里基－布莱克看起来弱不禁风。"沃尔克尼人,"她喃喃道,"他们能带给我们什么好处?我难受。飞船开走了。德布莱因,我头疼得厉害。"她用细小恐惧的声音说:"特尔也说过同样的话,就在我给他注射之后,就在……在……他也头疼。啊,简直痛得难以忍受。"

"安静点,阿格莎。别害怕。我在这里呢。等着。想想我们将看到什么,只想那些就行了!"

"我能感觉到他们。"超感心理学家说。

德布莱因急切地追问:"那快告诉我。我们有飞檐。告诉我方向。去找他们。"

"好,"她赞同,"好,哦,好的。"

※

重力恢复了。眨眼间，一切回复正常。

梅兰莎轻松着陆，打了个滚，马上又站起来，灵巧得像只猫。

之前在走廊上胡乱飘飞的物品"哗啦啦"全掉了下来。

飘浮的血雾洒在走廊地板上，湿漉漉一大片。

两具尸体从空中重重跌落，躺在地上一动不动。

罗伊德说："我成功了。"他的声音并没通过宇航服的通讯器，而是从墙壁的对讲机中传出。

"我知道。"她回答。

"我已到达中央控制室，"他继续道，"手动恢复了重力，并且关闭了尽可能多的电脑程序。但我们并不安全，我母亲会想尽办法绕开我的干扰。我现在全凭一己之力跟她对抗，但无法留意每个细节。万一有所闪失，哪怕精力分散片刻……梅兰莎，你的衣服破了吗？"

"是的，肩膀被划破了。"

"去另找一套换上。赶快！我觉得我的防御程序已经关闭了所有舱室，但我们不能有丝毫马虎。"

梅兰莎已经奔进走廊，朝储存服装和设备的货舱跑去。

"换好之后，"罗伊德继续叮嘱，"把尸体抛进废物转换舱，它的开口在动力舱附近，就是中央大厅的左边。把其他我们用不上的没有固定的物品也丢进去：科学仪器、书本、录音

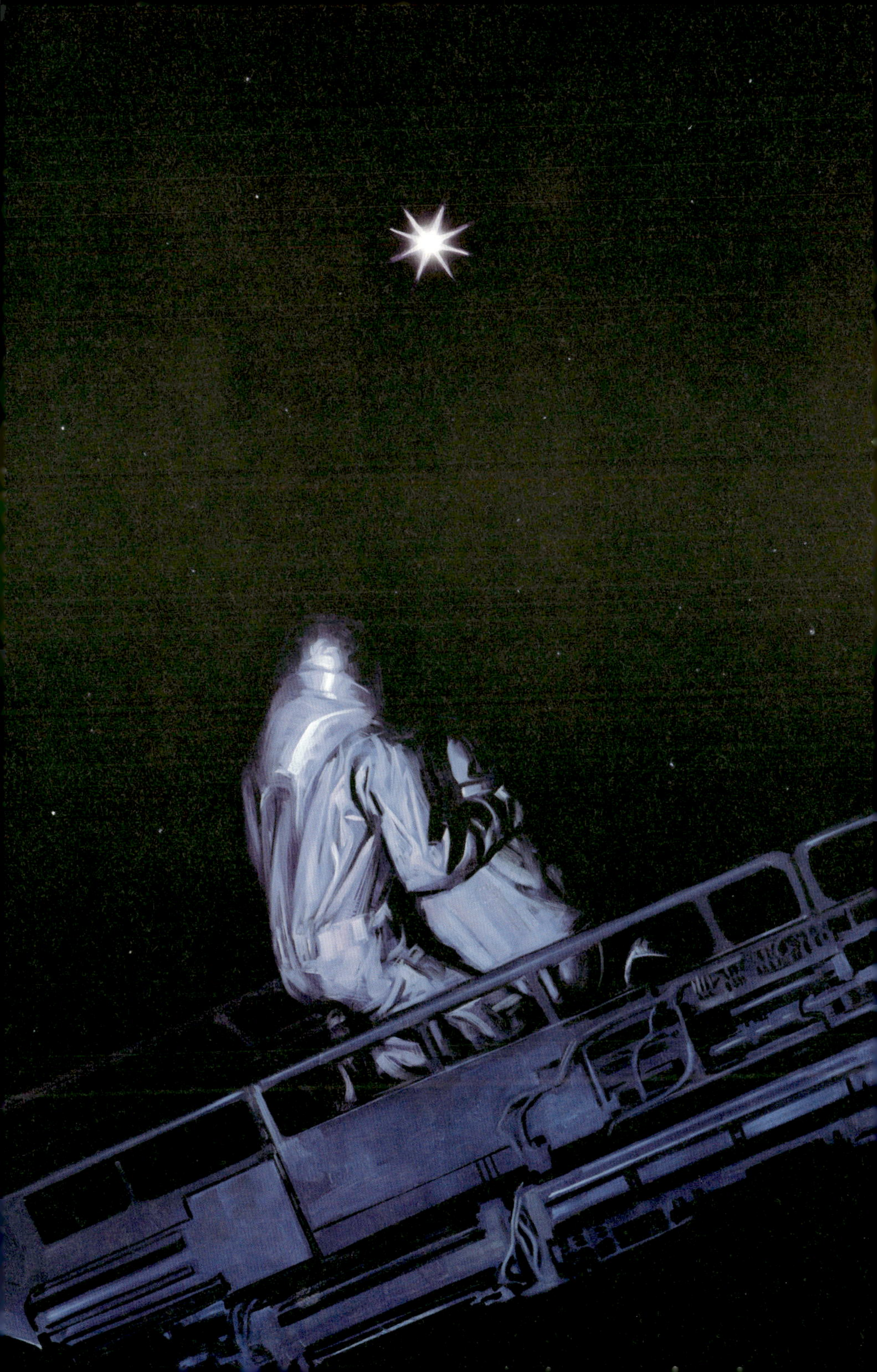

带、桌凳——"

"刀子。"梅兰莎提出。

"那当然。"

"意念遥控仍能威胁到我们吗，船长？"

"在重力环境中，我母亲的能力会大打折扣，"罗伊德说，"她必须克服重力的阻碍。即使依靠飞船的能量，她每次也只能移动一件物品，而且物品的重量大不如前。但记住，她的力量仍然存在。并且她很可能趁我不备，设法关掉重力系统。坐在这里，我虽然瞬间就能恢复重力，但即便是一瞬间，我也不希望有任何武器摆在你周围。"

梅兰莎来到货舱，迅速撕下宇航服，换上另一套。肩膀的伤口在大量出血，非常疼痛，此刻她只能置之不顾。她捡起脱下的衣服，又抱起一大堆东西扔进转换舱，然后集中精力处理那几具尸体。丹尼尔没什么麻烦，可将他拖走时，琳德兰一直跟在她身后爬到大厅。等她回来，女尸还在无力地拍打。这是一个可怕的提示，意味着夜行者号的力量还没有完全消失。梅兰莎轻易制伏了挣扎的女尸，并将她拖走。

抓住克里斯托夫时，烧焦的尸身扭个不休，牙齿猛地咬向她，但梅兰莎处理他也没费什么劲。清理休息室期间，一把厨刀对准她的头扎过来，不过速度很慢。梅兰莎轻易将它挡开，再捡起来扔进转换舱。

等她收拾到第二个房间，正把阿格莎·马里基—布莱克留下的药品和注射器收起来夹在胳膊下面时，听到了罗伊德的叫喊。

紧接着，一只无形的大手捏住了她的胸膛，越攥越紧，拽着她向地板倒去。

✲

有个物体正在群星间移动。

虽然相距遥远，光线昏暗，德布莱因还是能看到它，只是难以辨清细节。它肯定在那儿，毫无疑问，这个巨大的物体遮住了太空一角，径直地、僵硬地朝他们而来。

此刻，他多么希望他的团队能在身边，啊，他的电脑、他的心灵感应师、他的专家们、他的仪器。

他用力按下控制钮，直冲过去，与他的沃尔克尼人相见。

✲

梅兰莎像被钉在了地板上，全身剧痛。她冒险打开宇航服的通讯器，她必须联系上罗伊德。"你还在吗？发……发生了什么？"压力太大，还在逐步增加，她几乎无法动弹。

罗伊德的声音迟缓，充满痛苦："……算计……我，"回答断断续续，"……难受……不能……说话……"

"罗伊德——"

"她……遥控……打开……两倍……三倍……重……就……在这……在……船上……我……必须……去……关掉……它……让我……"

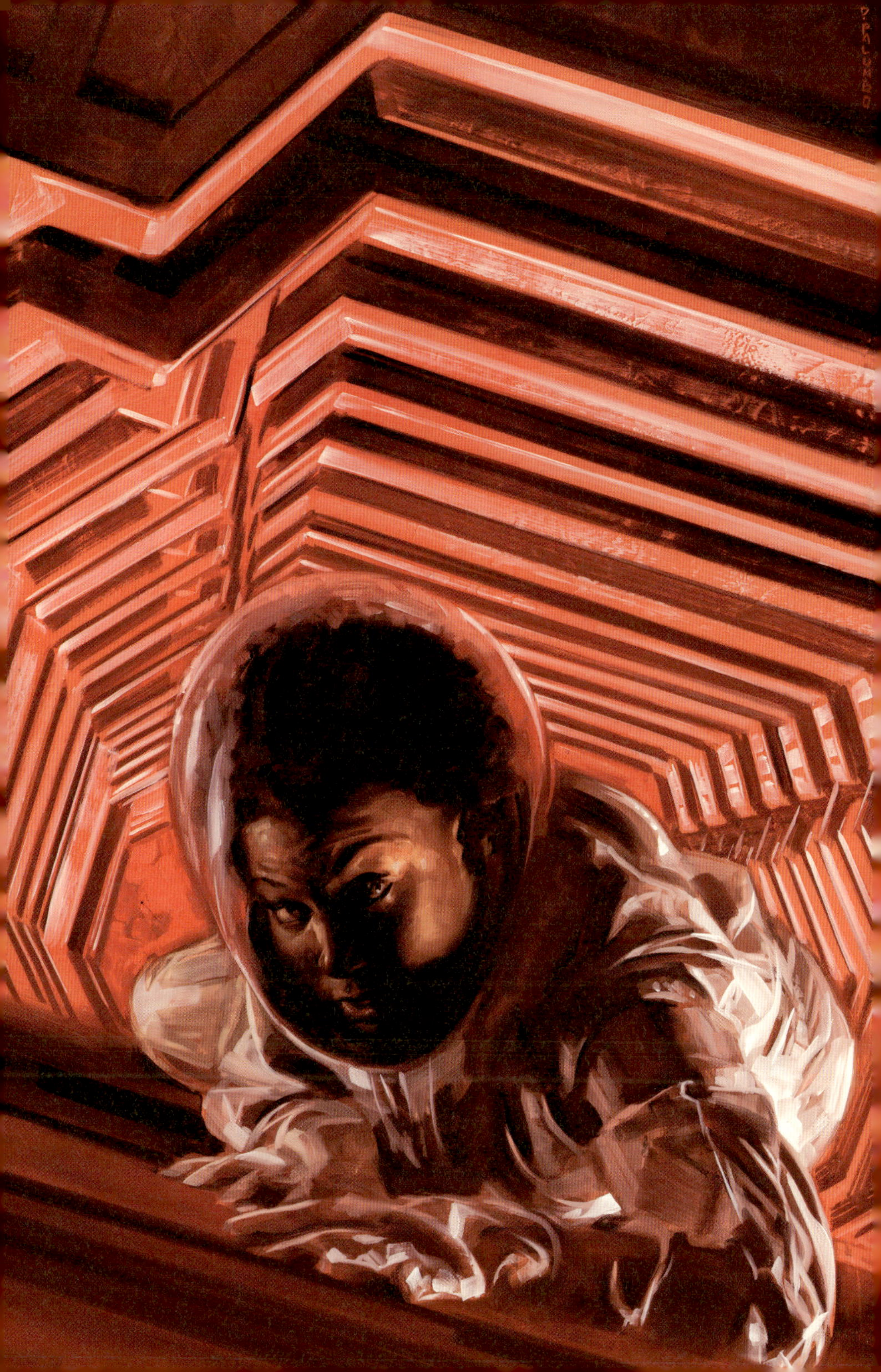
D. PALUMBO

一片寂静。最后，当梅兰莎几近绝望之时，罗伊德的声音再次响起。只有一个字："……不……"

梅兰莎的胸口像压着千斤巨石。她能想象出罗伊德现在有多痛苦——他在正常重力环境中都难受不已。开关只有一臂之遥，但罗伊德无力的肌肉永远也触不到它。"为什么，"她说话没罗伊德么费力，"为什么……她要增加……重力……那……不会减弱……她的力量吗？"

"……对……但……再……过……一段……时间……小时……一分……分钟……等我……我的……心脏……之……之后……剩你……关掉……杀你……"

梅兰莎忍着剧痛，伸出胳膊，沿走廊拼命向罗伊德的方向爬去。"罗伊德……挺住……我来……"

她艰难地爬了一半距离。阿格莎的药箱还夹在胳膊下面，异常沉重。她解开药箱，将它拨到一边。

她想了一下，打开药箱盖。

里边的药品摆放整齐。她迅速扫视一遍，寻找激素或催化酶，任何能给她力量的药品。她必须尽快赶到罗伊德那里。于是她选用了最强劲的药品，吃力地将它吸进注射枪。

就在这时，她发现了药箱里的埃斯帕隆。梅兰莎不知道自己为什么犹豫。埃斯帕隆不过是药箱里若干精神药品中的一种而已，再说，她也不是心灵感应师。但某种记忆在滋扰她，提醒她，迫使她不敢放开手指。

正在此时，她听到一阵怪响。

"罗伊德，"她问，"你母亲……她能不能……移动物体……遥控它们……这么强的重力下……能不能?"

"也许,"他答道,"……如……集中……全部……力量……很难……但……可能……怎么?"

"因为,"梅兰莎·基尔严峻地说,"因为有东西……有人……在穿过……减压舱。"

✳

"那不是一艘真正的飞船,不是我之前想象的那样。"卡罗里·德布莱因说。他的宇航服经过学院专门设计,拥有内置编码装置。他正为后人留下评论,丝毫不在意即将来临的死亡,"它的规模难以想象,难以估测。庞大,太庞大了。我只有手腕型电脑,没有别的仪器,不能做精确测算。但我想说,哦,它有一百公里,也许三百公里,这是指它的直径。但它并不是固体的庞然大物,根本不是。它很精巧,呈气态,不同于我们的飞船,也不同于我们的城市。它——哦,它太美了——透明轻薄,闪着微光,仿佛具有生命,就像精致的大蛛网。它让我想起发明跃迁之前,人类使用的古老的星际帆船。但它没有固体构造,不可能进入跃迁。它不是飞船,真的,完全开放,没有封闭的船舱,没有生命供给系统,至少我没发现,或许是它以某种方式伪装了起来。噢,我,我简直不敢相信它是如此开放,如此脆弱。它移动得相当快,我多么希望手上有个测速仪啊。但能站在这里,我已经满足了。我正将飞橇开到合适的位置,希望不挡它的道,可能来不及了,它移动得比我快太多。

它不是以光速前进的，不，比光速慢。不过我猜它还是比夜行者号，比夜行者号的核能引擎要快一些。当然……只是猜测而已。

"我看不出沃尔克尼飞船具有跃迁能力。事实上，我在想它怎么会——或许千年之前，它曾是一艘靠跃迁驱动的星际帆船，经过难以想象的灾难，变得支离破碎——不，它太对称了，太美妙了，蛛网似的外形，靠近节点处闪闪发光的星尘。真的太美了。

"我必须描述它，必须更精确，我知道这很困难，因为我很兴奋。它很大，像我刚才所说的，直径上百公里。大致——让我算一下——是的，大致是八角形。节点，它的核心，是一个闪亮的区域，中间有一小块黑暗，被大片光亮包围着，但只有黑色的部分看起来像是固体——而发光部分是半透明的，透过它，我仍能看到远处的星星，只是光泽变得黯淡了些，颜色泛紫。星尘，我就叫它们星尘。从节点和星尘延伸出八个长的——哦，非常长的——刺，它们之间的空间并不均匀，所以它不是标准的几何八角形——啊，现在我能看得更清楚了，其中一根长刺正在移动，哦，缓缓地，星尘起了涟漪——那些刺，它们是活动的，中间的网状体从一根长刺浮动向另一根，一圈一圈，它们有形状——奇怪的形状，并非普通的蛛网结构。在网状体的纹路里，我还看不出规律，但我肯定规律是存在的，有待发掘。

"还有光，我刚才说过光吗？中心节点附近的光芒最为明亮，其他位置只有紫色的微光。有一些辐射，但不强烈。我很想测一下这艘飞船发出的紫外线，苦于手边没有仪器。光在移动，星尘再起涟漪。长刺上的光亮上上下下，速率不同，有时光会通过纹路，穿过网状体。我不知道这些光是什么。也许是某种交流方式。我没法分辨光线是从飞船内部发出的还是反射的外部光线。我——噢！刚刚闪过另一种光。在长刺之间，短暂地闪烁，犹如超新星爆炸。此刻已经消失。它比其他的光更为强烈，呈靛蓝色。我感觉非常无助，非常无知。但它们真的很美，我的沃尔克尼……

"沃尔克尼神话——的确不像其他传说，不像。我回忆起诺特勒什人的报告，他们说沃尔克尼飞船巨大到难以想象，我当时还认为太夸张。还有光，沃尔克尼飞船与光联系在一起，但描述总是含糊不清，我当时还以为他们指的是激光制动系统，或者外部光能跃迁装置之类的东西。没想到他们想描述的是这个。啊，太神秘了！可惜飞船距我还是太远，我不能更仔细地观察。它是如此庞大，我觉得我们不可能彻底将它弄清楚。看起来它是朝我们过来了，这或许是我的错觉，只是我的主观印象而已。我的设备，要是我的设备在该有多好啊。我想它中间的黑色部分是个飞行体，一个装载生命的船舱，沃尔克尼人就在里边。我多么希望我的团队能在我身边，特尔，可怜的特尔。他可是一级感应师，我们或许能联系上沃尔克尼飞船上的人，跟他们交流。交流我们的知识！交流他们的所见！想想看，这艘船该有多么古老，这个种族有多么久远，他们已经航行了多久……这些都让我无比敬畏！跟他们交流将是一笔财富，现在看来却可望而不可即，对我们来说，他们是如此陌生。"

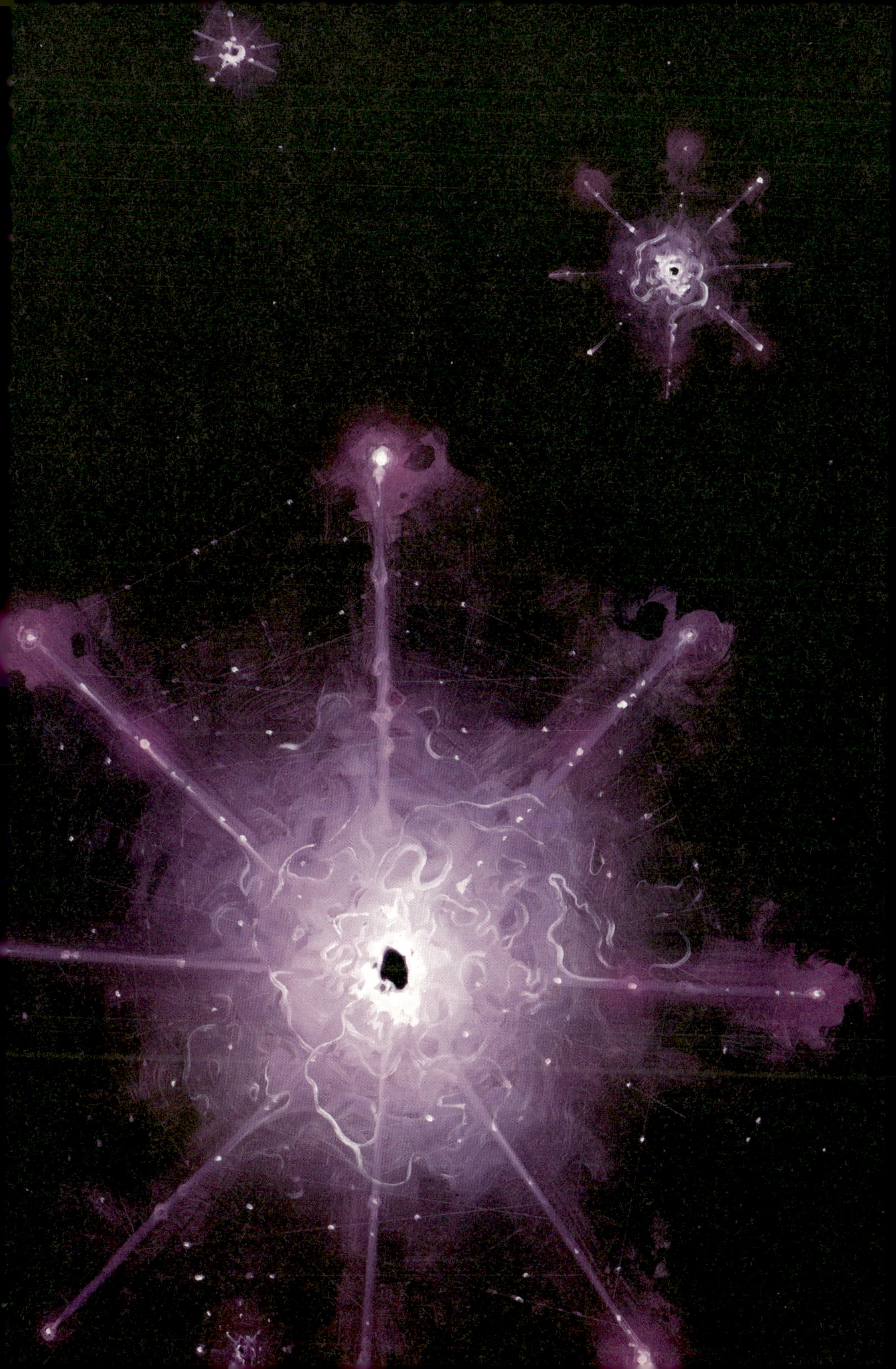

"德布莱因,"超感心理学家低沉而急促地说,"你没感觉到吗?"

卡罗里·德布莱因看着他的同事,好像才认识她一样:"你能感觉到他们吗?你只是三级……你真能感觉到他们吗?强烈吗?"

"很久了,"超感心理学家说,"很久了。"

"你能发出感应吗?跟他们交谈,阿格莎。他们在哪儿?在中心区域?在黑暗的地方?"

"是的。"她边说边神经质地笑起来,笑声尖锐又刺耳。德布莱因这才想起对方病得很严重,"是的,就在中心,德布莱因,感应就是从那里发出来的。但你完全弄错了。没有'他们',你的传说全都是谎言,谎言!我们偶然来到这里,成为最先目睹沃尔克尼飞船的人,我对此一点也不惊奇。其他人,包括你说的那些外星种族,他们仅仅只是凭感觉,在遥远深沉的梦境和幻觉中才能隐约察觉到沃尔克尼飞船的一点痕迹,然后再添油加醋地记载下来。飞船,战争,一个永远都在旅行的种族,那都是——都是——"

"你什么意思,阿格莎,我的朋友?"卡罗里·德布莱因疑惑不解,"你在说什么?我根本不明白。"

"不明白,"马里基-布莱克的声音突然温和下来,"你不明白,是吗?你感觉不到它,而我能,它是如此清晰。这是一级感应者才能拥有的感觉,一个被注射了埃斯帕隆的一级感应者。"

"你感觉到什么了?是什么?"

"没有'他们',卡罗里,"超感心理学家说,"是'它'。我可以断定,那是一个没有意识的庞然大物。"

"没有意识?"德布莱因说,"不,你肯定弄错了,你的感觉不对。你说那是一只生物,我能接受,一个伟大神奇的星际旅行者,但他怎可能没有意识呢?瞧,你感觉到了他,他的意识,这是他发出的心灵感应。你,所有克雷超感人,以及其他种族,你们都感觉到了。或许他的思想真的太陌生,你读不懂。"

"也许吧。但我读到的东西并非什么异形,它只是个动物而已,思维缓慢混浊而且怪异,几乎不能称之为思想,非常模糊,冰冷又遥远。它的脑子肯定很大,这我能确定,但它产生不了意识。"

"你是什么意思?"

"动力系统,德布莱因,你感觉不到吗?那种感应脉冲?我的头盖骨都快被它们迸开了。你猜不到是什么驱动着你那该死的沃尔克尼飞船在星系中穿行的,对吧?为什么它们要避开重力区?你真的猜不到它们是怎么移动的?"

"猜不到。"虽然德布莱因这么说,但他脸上很明显地闪过一丝领悟的表情。他将视线从同事身上移回沃尔克尼飞船那起伏荡漾的庞大躯体。光点在移动,星尘微微起伏。就这样,它穿越了若干光年,若干世纪,穿越永世的岁月,向他们靠过来。

他回头看着她,嘴里轻轻说道:"意念遥控。"
她点点头。

※

梅兰莎·基尔吃力地举起注射器，将它插入动脉。伴随着一下响亮的嘶声，药物流进她体内。她仰面躺下，积聚力量，尝试思考。埃斯帕隆，埃斯帕隆，为什么那么重要？它害死了特尔·拉萨莫，它增强了他的能量，同时也让他变得更加脆弱。感应力，这一切都归咎于感应力。

减压舱的内层闸门打开了，无头尸体钻进来。

它扭动着，不自然地拖着步子，双脚离不开地面。由于重力的影响，它边挪边往下沉，每一步都显得笨拙又唐突。是一股可怕的力量将它的一条腿猛扯向前，接着是另一条。它移动得十分缓慢，两只胳膊僵硬地垂在两侧。

但它正移动过来。

梅兰莎聚集起剩下的力气，由药品带来的力气，艰难地爬动着躲开它，她的眼睛片刻不离那具尸体。而她大脑飞速转动，想找出对策应对危险。

毫无头绪。

尸体的动作比她快。很明显，很清楚，它就要来了。

梅兰莎想站起来，她闷哼一声，双掌撑地，心跳得厉害。接着她支起一只膝盖，竭力竖起身子，想克服压在双肩上那难以形容的重量。我很强壮，她鼓励自己，我是改良版。

但当她把全身重量集中到一条腿上时，她再也支持不住，笨拙地摔倒在地，这仿佛是从高楼上跌落。她听到尖锐的

"咔"的一声，一阵剧痛传遍整条胳膊。断了，那只她想用来支撑身体的胳膊折断了。肩膀处火辣辣地疼。她憋住眼泪，忍下尖叫与哽咽。尸体已经来到走廊中间。她意识到它的腿肯定早断了，但对尸体来说，无所谓。一股比它的肌肉、比它的神经、比它的骨骼更强大的力量正支撑着它。

"梅兰……听见……是……你吗……梅兰莎？"

"安静！"她冲罗伊德喊道。她已经没力气交谈了。

仅有一只胳膊能动，她想起了以前经历的刻苦训练，通过意志祛除痛苦。她无力地蹬踢，靴子摩擦着地板，她用未受伤的胳膊拖动身体，尽力不去理会肩膀的痛楚。

尸体越来越近。

她爬过休息室的门槛，钻过撞在门框上的飞檐，同时希望这些东西能拖延尸体的行动。那个曾经叫作特尔·拉萨莫的东西离她只有一米远。

在黑暗中，在休息室里，在所有噩梦开始的地方，梅兰莎·基尔筋疲力尽。

她浑身打战，瘫倒在潮湿的地毯上，再也爬不动。

在远处的门口，那尸体僵硬地站住了。飞檐开始摇晃起来。突然，伴着金属的摩擦声，它突然加速，向后滑去，撞向门的一侧，给尸体让道。

感应力。梅兰莎此刻只想咒骂几句然后大哭一场。她徒劳地希望自己也能拥有超感应能力，好把那个受意念遥控追着她的尸体炸成碎片。我是改良版，但改进得不够好，她气恼地想，我父母把负担得起的全部遗传基因都给了我，但超感应能力基因实在太昂贵。它极端罕见，属于隐性遗传，而且——突然间她想到了办法。

"罗伊德！"她大喊，用尽全身力气，"开关……遥控它……罗伊德……遥控调整！"她哭出声来，脸上满是泪水。

他的声音虚弱而又犹疑："……不……不行……母亲……只有……她……我不……不……母亲……"

"她不是你母亲，"她绝望地说，"你总是……说……你母亲。我忘了……忘了。她不是你母亲……听着……你是她的克隆体……同样的基因……你也有……那种力量。"

"不，"他说，"不可能……这一定是……伴性……遗传。"

"不，不。我是……普罗米修斯人，罗伊德……别跟普罗米修斯人谈……基因……快试试！"

飞橇又弹出一尺远，道路彻底畅通了。

尸体朝她移动过来。

"……试，"罗伊德说，"不行……不能！"

"她抑制过你，"梅兰莎痛苦地说，"比她……接受过……更强的……抑制……在孕育你时……但那只能……你能做到！"

"我……不……知道……怎么做。"

尸体走到她面前，停住，它惨白的双手痉挛地颤抖，盲目地抬起来。十只长长的染过的指甲，好似动物的爪子，朝她伸出。

梅兰莎狂喊道："罗伊德！"

"……抱歉……"

她哭了，全身颤抖，徒劳地捏紧拳头。

瞬间，重力消失。从很遥远、很遥远的地方传来罗伊德的喊叫，之后一切又恢复平静。

※

"闪烁愈加频繁，"卡罗里记录着，"可能只是因为我靠得更近，看得更清楚。靛蓝色和深紫色光团的爆发越来越强烈，它们快速地闪动，又很快消失。我想是在网状体中间的某个区域，闪光物质类似星球间薄薄氢气层中的氢粒子。它们碰到那块区域，网状体或长刺中间的区域，便瞬间发出人眼可见的光亮。可能跟能量有关，对，这就是我的猜测。我的沃尔克尼飞船所依靠的能量。

"它占据了我面前的半个宇宙，不断靠近。我们不会逃避，哦，多悲哀啊。阿格莎已经去了，走得无声无息，面罩内沾满了血。我几乎可以看见那块黑色部分，几乎，几乎。奇怪的景象，中心部分好似有张脸，很小很小，如同老鼠，但没有五官。确实是一张脸，而且现在正盯着我。星尘立即发生了运动，网状体朝我们覆盖而来。

"啊，光，那光！"

※

尸体拙劣地浮向空中，双手无力地伸出。梅兰莎也在失重中飘浮，感到一阵剧烈的恶心。她摘下头盔，扔掉它，远离那堆呕吐物，准备迎接夜行者更激烈的攻击。

但特尔·拉萨莫的尸体没有再动，它只是飘浮在空中，黑暗的休息室内一片死寂。最终，梅兰莎恢复过来，她虚弱地移动到它旁边，试探着轻推了它一下。尸体朝房间另一侧飘去。

"罗伊德?"她疑惑地喊道。

没有回答。

她钻过洞口，进入控制室。

罗伊德·阿瑞斯，夜行者号的主人，穿着盔甲般的宇航服，仰面躺着。她摇晃他，但他毫无反应。梅兰莎浑身颤抖，赶紧手忙脚乱地把他的宇航服卸下。她终于触摸到了他的身体。"罗伊德，"她说，"这儿。感觉到了吗？罗伊德，这儿，我在这儿。感觉到了吗？"他的宇航服乱成一团，她将"盔甲"的碎块丢开，"罗伊德，罗伊德。"

死了，他死了。心脏停止跳动。她打它，推它，猛敲它，想给他注入新的生命。但它没有跳动。他死了，死了。

梅兰莎慢慢退后，泪眼蒙眬，她踱到控制台旁，向下看去。

他死了，死了。

而重力系统的表盘指针指到了零。

"梅兰莎。"那个熟悉的声音从墙那边传来。

※

我双手捧着那如同夜行者号灵魂一般的晶体。

它是个深红的多面体，跟我的头一般大小，凉如冰霜。在它深处的一片血色之中，两点小小的火星在炽热地燃烧，发出朦胧的光线，似乎还不时旋转。

我爬进控制台，钻过防护系统和电子网路，生怕碰坏什么东西。当我粗糙的双手触摸到这神奇的晶体，我知道，她就在里面。

而我不能抹去它。

因为罗伊德。

昨晚在休息室边喝白兰地边下棋时，我们又一次谈到它——当然，罗伊德不能喝酒，但他现出自己的投影朝我微笑，告诉我他想走哪一步。

他第一千次提到，如果我能到飞船外边，将我们弃置多年的破损机壳修好，夜行者号就能安全地进入星际跃迁。他可以送我回阿瓦隆，或者任何我想去的地方。

我第一千次回绝了他。

毫无疑问，他现在的能力强大多了，毕竟他跟他母亲的基因是一样的。他们拥有同样的能量，因此在死亡之后，他发现自己同样能将感受刻进那颗神奇的晶体。现在飞船由他们两人共同操纵，而他们经常会发生争执。有时候她靠阴谋诡计占据片刻上风，夜行者号会随之做出怪异的举动。重力时大时小，乃至完全关闭。等我睡着，毛毯会自己卷起来缠住我的脖子。有时从黑暗的角落会突然飞出各种物品。

最近这种情况不如以前频繁了。每当出现这种情况，罗伊德或我便会阻止她。夜行者号是属于我们共有的。

罗伊德常说他能单独待在飞船上,并不真正需要我,他自己能对付得了她。对此,我很怀疑。毕竟下棋的时候,我十次仍能赢他九次。

除此之外,我还有其他考虑。工作。为了一个人。卡罗里会为我们骄傲的。

沃尔克尼飞船不久将会进入腾普特星尘,我们紧跟其后,研究它,记录它,做完了一切老德布莱因会要求我们做的工作。研究报告都存在电脑里。如果电脑损坏,还有录音带和备份纸张。观察沃尔克尼飞船会给腾普特星尘带来什么影响将是件十分有趣的事。跟长久以来给沃尔克尼飞船提供能量的薄薄星际氢气层相比,腾普特的物质要稠密得多。

我们设法跟它沟通,但没有成功。我觉得它根本不是高级生物。

最近罗伊德在努力模仿它,他聚集起自己所有的力量,想用意念驱动夜行者号。有时候,很奇特地,他母亲也会来跟他一起努力。到目前为止他们还没有成功,不过仍在尝试。

研究工作也有条不紊地继续进行,我们知道,这些成果迟早会落到人类手中。我跟罗伊德讨论过这个问题,并且制订了计划。当我垂垂老矣,临死之前,我会毁掉主控晶体,清除电脑系统,然后手动设定飞船的航向,航往最近的有居民的星球。到时候,夜行者号将成为真正的无人驾驶的幽灵船。我知道我能做到,毕竟我还有时间,我是改良版。

我不会考虑罗伊德一次次建议的其他选择,虽然那对我意味着更多。毫无疑问,我能修好飞船,或许罗伊德自己就能控制飞船,继续这项工作。但这些都不重要了。

我犯过太多错误。埃斯帕隆、监视设备以及对他人的关照;这些都是我的失误,是我傲慢的代价。想到这些就让我心痛。因为当我终于触摸到他的时候,他的身体依然温热,而那是我第一次也是最后一次爱抚他。可他已经不在了,永远不可能感觉到我的抚摸。我没能兑现自己的诺言。

但我能履行其他誓言。

我不会留他独自待在她身边。

永不。